BOUSSOLE
CYCLE 3

Jack London

L'APPEL DE LA FORÊT

Traduction de Mme de Galard

Notes et dossier pédagogique
de Malena Adrada Rajzner
Professeure des écoles

Illustrations d'Alexandra Huard

Belin

Sommaire

L'APPEL DE LA FORÊT

de Jack London

Mon dossier de lecture

Le coin des curieux

Affiche du film *L'Appel de la forêt* de Ken Annakin, 1972.

AVANT DE COMMENCER LA LECTURE

Le chien Buck vit paisiblement auprès de son maître en Californie. Sa vie bascule le jour où il est enlevé, puis vendu à des marchands de chiens de traîneau. Arrivé dans le Grand Nord canadien, Buck découvre la brutalité des hommes, et l'immensité glaciale de vastes territoires inconnus.

Les aventures de Buck ont été imaginées par Jack London, un auteur américain qui a vécu au XIXe siècle. Ce roman s'inspire de faits réels. Il se déroule au moment de la ruée vers l'or, lorsque des milliers d'aventuriers partent pour le Yukon, à la frontière du Canada et de l'Alaska, à la recherche du précieux métal.

En lisant *L'Appel de la forêt*, découvrons ensemble le fabuleux destin de Buck, à la rencontre d'un monde sauvage et libre.

L'APPEL DE LA FORÊT

Chapitre 1

La loi primitive

L'antique instinct nomade[1] surgit,
Se ruant contre la chaîne de l'habitude;
Et de son brumeux sommeil séculaire[2]
S'élève le cri de la race.

Buck ne lisait pas les journaux et était loin de savoir ce qui se tramait[3] vers la fin de 1897, non seulement contre lui, mais contre tous ses congénères[4]. En effet, dans toute la région qui s'étend du détroit de Puget à la baie de San Diego[5] on traquait les grands chiens à longs poils, aussi habiles à se tirer d'affaire dans l'eau que sur la terre ferme…

Les hommes, en creusant la terre obscure, y avaient trouvé un métal jaune, enfoncé dans le sol glacé des régions arctiques,

1. **Nomade** : qui n'a pas d'habitation fixe.
2. **Séculaire** : qui existe depuis des siècles.
3. **Ce qui se tramait** : ce qui se préparait secrètement.
4. **Congénères** : animaux qui appartiennent à la même espèce.
5. **Du détroit de Puget à la baie de San Diego** : endroits sur la côte pacifique des États-Unis.

et les compagnies de transport ayant répandu la nouvelle à grand renfort de réclame[1], les gens se ruaient en foule vers le nord. Et il leur fallait des chiens, de ces grands chiens robustes aux muscles forts pour travailler, et à l'épaisse fourrure pour se protéger contre le froid.

Buck habitait cette belle demeure, située dans la vallée ensoleillée de Santa-Clara, qu'on appelle «le Domaine du juge Miller».

De la route, on distingue à peine l'habitation à demi cachée par les grands arbres, qui laissent entrevoir la large et fraîche véranda, régnant sur les quatre faces de la maison. Des allées soigneusement sablées mènent au perron[2], sous l'ombre tremblante des hauts peupliers, parmi les vertes pelouses. Un jardin immense et fleuri entoure la villa, puis ce sont les communs imposants, écuries spacieuses, où s'agitent une douzaine de grooms[3] et de valets bavards, cottages[4] couverts de plantes grimpantes, pour les jardiniers et leurs aides; enfin l'interminable rangée des serres, treilles et espaliers, suivis de vergers plantureux, de gras pâturages, de champs fertiles et de ruisseaux jaseurs.

Le monarque absolu[5] de ce beau royaume était, depuis quatre ans, le chien Buck, magnifique animal dont le poids

1. **Réclame**: publicité.
2. **Perron**: escalier extérieur qui mène à la porte d'entrée.
3. **Grooms**: jeunes employés.
4. **Cottages**: petites maisons.
5. **Monarque absolu**: roi.

et la majesté tenaient du gigantesque terre-neuve Elno, son père, tandis que sa mère Sheps, fine chienne colley de pure race écossaise, lui avait donné la beauté des formes et l'intelligence humaine de son regard. L'autorité de Buck était indiscutée. Il régnait sans conteste non seulement sur la tourbe insignifiante[1] des chiens d'écurie, sur le carlin japonais Toots, sur le mexicain Isabel, étrange créature sans poils dont l'aspect prêtait à rire, mais encore sur tous les habitants du même lieu que lui. Majestueux et doux, il était le compagnon inséparable du juge, qu'il suivait dans toutes ses promenades, il s'allongeait d'habitude aux pieds de son maître, dans la bibliothèque, le nez sur ses pattes de devant, clignant des yeux vers le feu, et ne marquant que par un imperceptible[2] mouvement des sourcils l'intérêt qu'il prenait à tout ce qui se passait autour de lui. Mais apercevait-il au-dehors les fils aînés du juge, prêts à se mettre en selle, il se levait d'un air digne et daignait les escorter ; de même, quand les jeunes gens prenaient leur bain matinal dans le grand réservoir cimenté du jardin, Buck considérait de son devoir d'être de la fête. Il ne manquait pas non plus d'accompagner les jeunes filles dans leurs promenades à pied ou en voiture ; et parfois on le voyait sur les pelouses, portant sur son dos les petits-enfants du juge, les roulant sur le gazon et faisant mine de les dévorer, de ses deux rangées de dents étincelantes.

1. **Tourbe insignifiante** : personnes que l'on juge sans intérêt.
2. **Imperceptible** : qui est trop petit pour être vu.

Les petits l'adoraient, tout en le craignant un peu, car Buck exerçait sur eux une surveillance sévère et ne permettait aucun écart à la règle. D'ailleurs, ils n'étaient pas seuls à le redouter, le sentiment de sa propre importance et le respect universel qui l'entourait investissant le bel animal d'une dignité vraiment royale.

Depuis quatre ans, Buck menait l'existence d'un aristocrate blasé [1], parfaitement satisfait de soi-même et des autres, peut-être légèrement enclin à l'égoïsme, ainsi que le sont trop souvent les grands de ce monde. Mais son activité incessante, la chasse, la pêche, le sport, et surtout sa passion héréditaire pour l'eau fraîche le gardaient de tout alourdissement et de la moindre déchéance [2] physique : il était, en vérité, le plus admirable spécimen de sa race qu'on pût voir. Sa vaste poitrine, ses flancs évidés [3] sous l'épaisse et soyeuse fourrure, ses pattes droites et formidables, son large front étoilé de blanc, son regard franc, calme et attentif, le faisaient admirer de tous.

Telle était la situation du chien Buck, lorsque la découverte des mines d'or du Klondike [4] attira vers le nord des milliers d'aventuriers. Tout manquait dans ces régions neuves et désolées ; et pour assurer la subsistance et la vie même des émigrants [5], on dut avoir recours aux traîneaux attelés de chiens,

1. **Aristocrate** : personne noble ; **blasé** : qui ne s'intéresse plus à rien.
2. **Déchéance** : dégradation.
3. **Ses flancs évidés** : les côtés de son corps minces.
4. **Klondike** : rivière du Canada.
5. **Émigrants** : personnes qui quittent leur pays pour un autre.

seuls animaux de trait capables de supporter une température arctique.

Buck semblait créé pour jouer un rôle dans les solitudes glacées de l'Alaska ; et c'est précisément ce qui advint, grâce à la trahison d'un aide-jardinier. Le misérable Manoël avait pour la loterie chinoise une passion effrénée ; et ses gages[1] étant à peine suffisants pour assurer l'existence de sa femme et de ses enfants, il ne recula pas devant un crime pour se procurer les moyens de satisfaire son vice.

Un soir, que le juge présidait une réunion et que ses fils étaient absorbés par le règlement d'un nouveau club athlétique, le traître Manoël appelle doucement Buck, qui le suit sans défiance, convaincu qu'il s'agit d'une simple promenade à la brune[2]. Tous deux traversent sans encombre la propriété, gagnent la grande route et arrivent tranquillement à la petite gare de College-Park. Là, un homme inconnu place dans la main de Manoël quelques pièces d'or, tout en lui reprochant d'amener l'animal en liberté. Aussitôt Manoël jette au cou de Buck une corde assez forte pour l'étrangler en cas de résistance. Buck supporte cet affront[3] avec calme et dignité ; bien que ce procédé inusité[4] le surprenne, il a, par habitude, confiance en tous les gens de la maison, et sait que les hommes possèdent

1. **Ses gages** : sa paye.
2. **À la brune** : à la tombée de la nuit.
3. **Cet affront** : cette insulte.
4. **Ce procédé inusité** : cette façon de faire inhabituelle.

une sagesse supérieure même à la sienne. Toutefois, quand l'étranger fait mine de prendre la corde, Buck manifeste par un profond grondement le déplaisir qu'il éprouve. Aussitôt la corde se resserre, lui meurtrissant cruellement la gorge et lui coupant la respiration. Indigné, Buck, se jette sur l'homme; alors celui-ci donne un tour de poignet vigoureux: la corde se resserre encore; furieux, surpris, la langue pendante, la poitrine convulsée [1], Buck se tord impuissant, ressentant plus vivement l'outrage [2] inattendu que l'atroce douleur physique; ses beaux yeux se couvrent d'un nuage, deviennent vitreux… et c'est à demi mort qu'il est brutalement jeté dans un fourgon à bagages par les deux complices.

Quand Buck revint à lui, tremblant de douleur et de rage, il comprit qu'il était emporté par un train, car ses fréquentes excursions avec le juge lui avaient appris à connaître ce mode de locomotion.

Ses yeux, en s'ouvrant, exprimèrent la colère et l'indignation d'un monarque trahi. Soudain, il aperçoit à ses côtés l'homme auquel Manoël l'a livré. Bondir sur lui, ivre de rage, est l'affaire d'un instant; mais déjà la corde se resserre et l'étrangle… pas sitôt pourtant que les mâchoires puissantes du molosse [3] n'aient eu le temps de se refermer sur la main brutale, la broyant jusqu'à l'os…

Un homme d'équipe accourt au bruit:

1. **Convulsée**: crispée.
2. **Outrage**: agression.
3. **Molosse**: gros chien de garde.

« Cette brute a des attaques d'épilepsie [1], fait le voleur, dissimulant sa main ensanglantée sous sa veste. On l'emmène à San Francisco, histoire de le faire traiter par un fameux vétérinaire. Ça vaut de l'argent, un animal comme ça… son maître y tient… »

L'homme d'équipe se retire, satisfait de l'explication.

Mais quand on arrive à San Francisco, les habits du voleur sont en lambeaux, son pantalon pend déchiré à partir du genou, et le mouchoir qui enveloppe sa main est teint d'une pourpre sombre. Le voyage, évidemment, a été mouvementé. Il traîne Buck à demi mort jusqu'à une taverne louche du bord de l'eau, et là, tout en examinant ses blessures, il ouvre son cœur au cabaretier [2].

« Sacré animal !… En voilà un enragé !… grommelle-t-il en avalant une copieuse rasade de gin ; cinquante dollars pour cette besogne-là !… Par ma foi, je ne recommencerais pas pour mille !

– Cinquante ? fait le patron. Et combien l'autre a-t-il touché ?

– Hum !… il n'a jamais voulu lâcher cette sale bête pour moins de cent… grogne l'homme.

– Cent cinquante ?… Pardieu, il les vaut ou je ne suis qu'un imbécile », fait le patron, examinant le chien.

1. **Attaques d'épilepsie** : convulsions.
2. **Cabaretier** : personne qui tient une taverne.

Mais le voleur a défait le bandage grossier qui entoure sa main blessée.

« Du diable si je n'attrape pas la rage ! s'exclame-t-il avec colère.

– Pas de danger !.. C'est la potence [1] qui t'attend… ricane le patron. Dis donc, il serait peut-être temps de lui enlever son collier… »

Étourdi, souffrant cruellement de sa gorge et de sa langue meurtries, à moitié étranglé, Buck voulut faire face à ses tourmenteurs. Mais la corde eut raison de ses résistances ; on réussit enfin à limer le lourd collier de cuivre marqué au nom du juge. Alors les deux hommes lui retirèrent la corde et le jetèrent dans une caisse renforcée de barreaux de fer.

Il y passa une triste nuit, ressassant [2] ses douleurs et ses outrages. Il ne comprenait rien à tout cela. Que lui voulaient ces hommes ? Pourquoi le maltraitaient-ils ainsi ? Au moindre bruit il dressait les oreilles, croyant voir paraître le juge ou tout au moins un de ses fils. Mais lorsqu'il apercevait la face avinée [3] du cabaretier, ou les yeux louches de son compagnon de route, le cri joyeux qui tremblait dans sa gorge se changeait en un grognement profond et sauvage.

1. **Potence** : endroit où l'on pend les criminels.
2. **Ressassant** : repensant sans arrêt.
3. **Avinée** : qui a bu trop de vin.

Enfin tout se tut. À l'aube, quatre individus de mauvaise mine vinrent prendre la caisse qui contenait Buck et la placèrent sur un fourgon.

L'animal commença par aboyer avec fureur contre ces nouveaux venus. Mais s'apercevant bientôt qu'ils se riaient de sa rage impuissante, il alla se coucher dans un coin de sa cage et y demeura farouche[1], immobile et silencieux.

Le voyage fut long. Transbordé d'une gare à une autre, passant d'un train de marchandises à un express, Buck traversa à toute vapeur une grande étendue de pays. Le trajet dura quarante-huit heures.

De tout ce temps il n'avait ni bu ni mangé. Comme il ne répondait que par un grognement sourd[2] aux avances des employés du train, ceux-ci se vengèrent en le privant de nourriture. La faim ne le tourmentait pas autant que la soif cruelle qui desséchait sa gorge, enflammée par la pression de la corde. La fureur grondait en son cœur et ajoutait à la fièvre ardente qui le consumait; et la douceur de sa vie passée rendait plus douloureuse sa condition présente.

Buck, réfléchissant en son âme de chien à tout ce qui lui était arrivé en ces deux jours pleins de surprises et d'horreur, sentait croître son indignation et sa colère, augmentées par la sensation inaccoutumée de la faim qui lui tenaillait les

1. **Farouche** : sauvage.
2. **Sourd** : étouffé, faible.

entrailles[1]. Malheur au premier qui passerait à sa portée en ce moment ! Le juge lui-même aurait eu peine à reconnaître en cet animal farouche le débonnaire[2] compagnon de ses journées paisibles ; quant aux employés du train, ils poussèrent un soupir de soulagement en débarquant à Seattle la caisse contenant « la bête fauve ».

Quatre hommes l'ayant soulevée avec précaution la transportèrent dans une cour étroite et noire, entourée de hautes murailles, et dans laquelle se tenait un homme court et trapu[3], la pipe aux dents, le buste pris dans un maillot de laine rouge aux manches roulées au-dessus du coude.

Devinant en cet homme un nouvel ennemi, Buck, le regard rouge, le poil hérissé, les crocs visibles sous la lèvre retroussée, se rua contre les barreaux de sa cage avec un véritable hurlement.

L'homme eut un mauvais sourire : il posa sa pipe, et s'étant muni d'une hache et d'un énorme gourdin[4], il se rapprocha d'un pas délibéré[5].

« Dis donc, tu ne vas pas le sortir, je pense ? s'écria un des porteurs en reculant.

– Tu crois ça ?... Attends un peu ! » fit l'homme, insérant d'un coup sa hache entre les planches de la caisse.

1. **Tenaillait les entrailles** : envahissait l'estomac.
2. **Débonnaire** : gentil.
3. **Trapu** : qui donne une impression de force.
4. **Gourdin** : gros bâton.
5. **Délibéré** : décidé.

Les assistants se hâtèrent de se retirer, et reparurent au bout de peu d'instants, perchés sur le mur de la cour en bonne place pour voir ce qui allait se passer.

Lorsque Buck entendit résonner les coups de hache contre les parois de sa cage, il se mit debout, et mordant les barreaux, frémissant de colère et d'impatience, il attendit.

«À nous deux, l'ami!… Tu me feras les yeux doux tout à l'heure!…» grommela l'homme au maillot rouge.

Et, dès qu'il eut pratiqué une ouverture suffisante pour livrer passage à l'animal, il rejeta sa hache et se tint prêt, son gourdin bien en main.

Buck était méconnaissable; l'œil sanglant, la mine hagarde [1] et farouche, l'écume à la gueule, il se rua sur l'homme, pareil à une bête enragée… Mais au moment où ses mâchoires de fer allaient se refermer en étau sur sa proie, un coup savamment appliqué en plein crâne le jeta à terre. Ses dents s'entrechoquent violemment; mais se relevant d'un bond, il s'élance, plein d'une rage aveugle; de nouveau il est rudement abattu. Sa rage croît [2]. Dix fois, vingt fois, il revient à la charge, mais, à chaque tentative, un coup formidable, appliqué de main de maître, arrête son élan. Enfin, étourdi, hébété, Buck demeure à terre, haletant [3]; le sang dégoutte de ses narines, de sa bouche,

1. **Hagarde**: égarée.
2. **Croît**: grandit.
3. **Haletant**: essoufflé.

de ses oreilles ; son beau poil est souillé [1] d'une écume sanglante ; la malheureuse bête sent son cœur généreux prêt à se rompre de douleur et de rage impuissante…

Alors l'Homme fait un pas en avant, et froidement, délibérément, prenant à deux mains son gourdin, il assène [2] sur le nez du chien un coup terrible. L'atroce souffrance réveille Buck de sa torpeur [3] : aucun des autres coups n'avait égalé celui-ci. Avec un hurlement fou il se jette sur son ennemi. Mais sans s'émouvoir [4], celui-ci empoigne la gueule ouverte, et broyant dans ses doigts de fer la mâchoire inférieure de l'animal, il le secoue, le balance et, finalement, l'enlevant de terre à bout de bras, il lui fait décrire un cercle complet et le lance à toute volée [5] contre terre, la tête la première.

Ce coup, réservé pour la fin, lui assure la victoire. Buck demeure immobile, assommé.

« Hein ?… Crois-tu… qu'il n'a pas son pareil pour mater un chien ?… crient les spectateurs enthousiasmés.

– Ma foi, dit l'un d'eux en s'en allant, j'aimerais mieux casser des cailloux tous les jours sur la route, et deux fois le dimanche, que de faire un pareil métier… Cela soulève le cœur… »

1. **Souillé** : sali.
2. **Assène** : donne avec violence.
3. **Torpeur** : abattement.
4. **Sans s'émouvoir** : sans s'inquiéter.
5. **À toute volée** : avec force.

Buck, peu à peu, reprenait ses sens, mais non ses forces; étendu à l'endroit où il était venu s'abattre, il suivait d'un œil atone[1] tous les mouvements de l'homme au maillot rouge.

Celui-ci se rapprochait tranquillement.

« Eh bien, mon garçon? fit-il avec une sorte de rude enjouement[2], comment ça va-t-il?... Un peu mieux, hein?... Paraît qu'on vous appelle Buck, ajouta-t-il en consultant la pancarte appendue aux barreaux de la cage. Bien. Alors, Buck, mon vieux, voilà ce que j'ai à vous dire: nous nous comprenons, je crois.

Vous venez d'apprendre à connaître votre place. Moi, je saurai garder la mienne. Si vous êtes un bon chien, cela marchera. Si vous faites le méchant, voici un bâton qui vous enseignera la sagesse. Compris, pas vrai?... Entendu!... »

Et, sans nulle crainte, il passa sa rude main sur la tête puissante, saignant encore de ses coups. Buck sentit son poil se hérisser à ce contact, mais il le subit sans protester. Et quand l'Homme lui apporta une jatte[3] d'eau fraîche, il but avidement; ensuite il accepta un morceau de viande crue que l'Homme lui donna bouchée par bouchée.

Buck, vaincu, venait d'apprendre une leçon qu'il n'oublierait de sa vie: c'est qu'il ne pouvait rien contre un être humain armé d'une massue. Se trouvant pour la première fois face

1. **Atone**: sans expression.
2. **Enjouement**: bonne humeur.
3. **Jatte**: plat rond sans rebord.

à la loi primitive, envisageant les conditions nouvelles et impitoyables de son existence, il perdit la mémoire de la douceur des jours écoulés et se résolut à souffrir l'Inévitable.

D'autres chiens arrivaient en grand nombre, les uns dociles [1] et joyeux, les autres furieux comme lui-même ; mais chacun à son tour apprenait sa leçon. Et chaque fois que se renouvelait sous ses yeux la scène brutale de sa propre arrivée, cette leçon pénétrait plus profondément dans son cœur : sans aucun doute possible, il fallait obéir à la loi du plus fort…

Mais, quelque convaincu qu'il fût de cette dure nécessité, jamais Buck n'aurait imité la bassesse de certains de ses congénères qui, battus, venaient en rampant lécher la main du maître. Buck, lui, obéissait, mais sans rien perdre de sa fière attitude, en se mesurant de l'œil à l'Homme abhorré [2]…

Souvent il venait des étrangers qui, après avoir examiné les camarades, remettaient en échange des pièces d'argent, puis emmenaient un ou plusieurs chiens, qui ne reparaissaient plus. Buck ne savait ce que cela signifiait.

Enfin, son tour vint.

Un jour parut au chenil [3] un petit homme sec et vif, à la mine futée, crachant un anglais bizarre panaché d'expressions inconnues à Buck.

1. **Dociles** : obéissants.
2. **Abhorré** : détesté.
3. **Chenil** : lieu où l'on élève et vend des chiens.

« Sacré mâtin[1] !... cria-t-il en apercevant le superbe animal. V'la un damné failli chien !... Le diable m'emporte !... Combien ?

– Trois cents dollars. Et encore ! C'est un vrai cadeau qu'on vous fait, répliqua promptement[2] le vendeur de chiens. Mais comme c'est l'argent du gouvernement, hein, Perrault ? Pas besoin de vous gêner ? »

Perrault se contenta de rire dans sa barbe. Certes, non, ce n'était pas trop payer un animal pareil, et le gouvernement canadien ne se plaindrait pas quand il verrait les courriers arriver moitié plus vite que d'ordinaire. Perrault était connaisseur. Et dès qu'il eut examiné Buck, il comprit qu'il ne rencontrerait jamais son égal.

Buck, attentif, entendit tinter l'argent que le visiteur comptait dans la main de son dompteur. Puis Perrault siffla Buck et Curly, terre-neuve d'un excellent caractère, arrivé depuis peu, et qu'il avait également acheté. Les chiens suivirent leur nouveau maître.

Perrault emmena les deux chiens sur le paquebot *Narwhal*, qui se mit promptement en route ; et tandis que Buck, animé et joyeux, regardait disparaître à l'horizon la ville de Seattle, il ne se doutait guère que ses yeux contemplaient pour la dernière fois les terres ensoleillées du sud.

1. **Mâtin** : gros chien de garde.
2. **Promptement** : rapidement.

Bientôt Perrault descendit les bêtes dans l'entrepont[1] et les confia à un géant au teint foncé qui répondait au nom de François. Perrault était franco-canadien et basané[2] et François métis et franco-canadien, mais deux fois plus bronzé.

Buck n'avait jamais rencontré d'hommes du type de ceux-ci ; il ne tarda pas à ressentir pour eux une estime sincère, bien que dénuée de toute tendresse[3] ; car, s'ils étaient durs et froids, ils se montraient strictement justes ; en outre, leur intime connaissance de la race canine rendait vain tout essai de tromperie et leur attirait le respect.

Buck et Curly trouvèrent deux autres compagnons dans l'entrepont du *Narwhal*. L'un, fort mâtin d'un blanc de neige, ramené du Spitzberg[4] par le capitaine d'un baleinier[5], était un chien aux dehors sympathiques, mais d'un caractère faux. Dès le premier repas, il vola la part de Buck. Comme celui-ci, indigné, s'élançait pour reprendre son bien, la longue mèche du fouet de François siffla dans les airs et, venant cingler[6] le voleur, le força de rendre le butin mal acquis. Buck jugea que François était un homme juste et lui accorda son estime.

Le second chien était un animal d'un caractère morose et atrabilaire[7] ; il sut promptement faire comprendre à Curly,

1. **Entrepont** : étage entre deux ponts d'un bateau.
2. **Basané** : bronzé.
3. **Dénuée de toute tendresse** : sans aucune tendresse.
4. **Spitzberg** : île de Norvège.
5. **Baleinier** : bateau qui sert à la pêche à la baleine.
6. **Cingler** : frapper, fouetter.
7. **Morose et atrabilaire** : triste et de mauvaise humeur.

qui multipliait les avances, sa volonté d'être laissé tranquille. Mais lui, du moins, ne volait la part de personne. Dave semblait penser uniquement à manger, bâiller, boire et dormir. Rien ne l'intéressait hors de lui-même.

Quand le paquebot entra dans la baie de la Reine-Charlotte [1], Buck et Curly pensèrent devenir fous de terreur en sentant le bateau rouler, tanguer et crier comme un être humain sous les coups de la lame. Mais Dave, témoin de leur agitation, levant la tête, les regarda avec mépris ; puis il bâilla et, se recouchant sur l'autre côté, se rendormit tranquillement.

Les jours passèrent, longs et monotones [2]. Peu à peu la température s'abaissait. Jamais Buck n'avait eu si grand froid. Enfin l'hélice se tut ; et le navire demeura immobile ; mais aussitôt une agitation fébrile s'empara de tous les passagers. François accoupla [3] vivement les chiens et les fit monter sur le pont. On se bousculait pour franchir la passerelle ; et tout à coup Buck se sentit enfoncer dans une substance molle et blanche, semblable à de la poussière froide et mouillée. Il recula en grondant ; d'autres petites choses blanches tombaient et s'accrochaient à son poil. Intrigué, il en happa [4] une au passage et demeura surpris : cette substance blanche brûlait comme le feu et fondait comme l'eau…

1. **Baie de la Reine-Charlotte** : baie sur la côte du Canada, face à l'île de Vancouver.
2. **Monotones** : ennuyeux.
3. **Accoupla** : réunit les chiens par deux.
4. **Happa** : attrapa brusquement dans sa gueule.

Et les spectateurs de rire.

Buck était excusable pourtant de manifester quelque surprise en voyant de la neige pour la première fois de sa vie.

Chapitre 2

La loi du bâton et de la dent

La première journée de Buck sur la grève[1] de Dyea fut un véritable cauchemar. Toutes les heures lui apportaient une émotion ou une surprise. Brutalement arraché à sa vie paresseuse et ensoleillée, il se voyait sans transition rejeté du cœur de la civilisation au centre même de la barbarie. Ici, ni paix, ni repos, ni sécurité ; tout était confusion, choc et péril, de la nécessité absolue d'être toujours en éveil, car les bêtes et les hommes ne reconnaissaient que la loi du bâton et de la dent. Des chiens innombrables couvraient cette terre nouvelle, et Buck n'avait jamais rien vu de semblable aux batailles que se livraient ces animaux, pareils à des loups ; son premier contact avec eux lui resta à jamais dans la mémoire. L'expérience ne lui fut pas personnelle, car elle n'aurait pu lui profiter ; la victime fut Curly. Celle-ci, fidèle à son caractère sociable, était allée faire des avances à un chien sauvage de la taille d'un grand loup, mais moitié moins gros qu'elle.

1. **Grève** : plage.

La réponse ne se fit malheureusement pas attendre : un bond rapide comme l'éclair, un claquement métallique des dents, un autre bond de côté non moins agile et la face de Curly était ouverte de l'œil à la mâchoire.

Le loup combat ainsi : il frappe et fuit ; mais l'affaire n'en resta pas là. Trente ou quarante vagabonds accoururent et formèrent autour des combattants un cercle attentif et muet. Buck ne comprenait pas cette intensité de silence et leur façon de se lécher les babines. Curly se relève, se précipite sur son adversaire qui de nouveau la mord et bondit plus loin. À la troisième reprise, l'animal arrêta l'élan de la chienne avec sa poitrine, de telle façon qu'elle perdit pied et ne put se relever. C'était ce qu'attendait l'ennemi. Aussitôt, la meute[1] bondit sur la pauvre bête, et elle fut ensevelie avec des cris de détresse sous cette masse hurlante et sauvage. Ce fut si soudain et si inattendu que Buck en resta tout interdit[2]. Il vit Spitz sortir sa langue rouge – c'était sa façon de rire – et François, balançant une hache, sauter au milieu des chiens. Trois hommes armés de bâtons l'aidèrent à les disperser, ce qui ne fut pas long. Deux minutes après la chute de Curly, le dernier de ses assaillants s'enfuyait honteusement ; mais elle restait sans vie sur la neige piétinée et sanglante, tandis que le métis hurlait de terribles imprécations. Buck conserva longtemps le souvenir de cette terrible scène.

1. **Meute** : bande de chiens.
2. **En resta tout interdit** : fut surpris.

Avant d'être remis de la mort tragique de Curly, il eut à supporter une nouvelle épreuve. François lui mit sur le corps un attirail de courroies[1] et de boucles; c'était un harnais[2], semblable à ceux qu'il avait vu tant de fois mettre aux chevaux; et, comme eux, il lui fallut tirer un traîneau portant son maître jusqu'à la forêt qui bordait la vallée, pour en revenir avec une charge de bois. Mais quoique sa dignité fût profondément blessée de se voir ainsi transformé en bête de trait[3], il était devenu trop prudent pour se révolter; il se mit résolument au travail et fit de son mieux, malgré la nouveauté et l'étrangeté de cet exercice. François était sévère, exigeant une obéissance absolue que lui obtenait d'ailleurs la puissance de son fouet. Tandis que Dave, limonier[4] expérimenté, plantait la dent, à chaque erreur, dans l'arrière-train de Buck, Spitz en tête, très au courant de son affaire, ne pouvant atteindre le débutant, lui grognait des reproches sévères, ou pesait adroitement de tout son poids dans les traits[5] pour lui faire prendre la direction voulue. Buck apprit vite et fit en quelques heures de remarquables progrès, grâce aux leçons combinées de ses deux camarades et de François. Avant de revenir au camp, il en savait assez pour s'arrêter à « Ho ! », repartir à « Mush ! »,

1. **Courroies** : bandes de cuir.
2. **Harnais** : ensemble des éléments qui servent à relier les chiens au traîneau.
3. **Bête de trait** : animal qui tire un attelage.
4. **Limonier** : chien placé à l'arrière du traîneau.
5. **Traits** : cordes avec lesquelles un animal est attelé.

s'écarter du traîneau dans les tournants, et l'éviter dans les descentes.

« Ce sont trois très bons chiens, dit François à Perrault. Ce Buck tire comme le diable ; il a appris en un rien de temps. »

Dans l'après-midi, Perrault, qui était pressé de partir avec ses dépêches[1], ramena deux nouveaux chiens résistants et vigoureux. Billee et Joe, tous deux fils de la même mère, différaient l'un de l'autre comme le jour et la nuit. Le seul défaut de Billee était l'excès de mansuétude[2] ; tandis que Joe, grincheux, peu sociable, l'œil mauvais, et grognant toujours, était tout l'opposé de ce caractère. Buck les reçut en bon camarade, Dave les ignora et Spitz se mit en devoir de les rosser[3] tour à tour. Billee, pour l'apaiser, remua la queue ; mais ses intentions pacifiques n'eurent aucun succès, et il se mit à gémir en sentant les dents pointues de Spitz labourer ses flancs[4]. Quant à Joe, de quelque façon que Spitz l'attaquât, il le trouva toujours prêt à lui faire face. Les oreilles couchées en arrière, le poil hérissé, la lèvre retroussée et frémissante, la mâchoire prête à mordre, et dans l'œil une lueur diabolique, c'était une véritable incarnation de la peur belliqueuse[5]. Son aspect était si redoutable que Spitz dut renoncer à le corriger, et, pour

1. **Dépêches** : lettres urgentes.
2. **Mansuétude** : gentillesse.
3. **Rosser** : battre violemment.
4. **Labourer ses flancs** : lui mordre les côtes.
5. **Belliqueuse** : agressive.

couvrir sa défaite, il se retourna sur le pauvre et inoffensif Billee et le chassa jusqu'aux confins [1] du camp.

Le soir venu, Perrault ramena encore un autre chien, un vieux husky, long, maigre, décharné, couvert de glorieuses cicatrices récoltées en maint combat [2], et possesseur d'un œil unique, mais cet œil brillait d'une telle vaillance qu'il inspirait aussitôt le respect. Il s'appelait Sol-leck, ce qui veut dire le Mal-Content. Semblable à Dave, il ne demandait rien, ne donnait rien, n'attendait rien, et, quand il s'avança lentement et délibérément au milieu des autres, Spitz lui-même le laissa tranquille. On put bientôt remarquer qu'il ne tolérait pas qu'on l'approchât du côté de son œil aveugle. Buck eut la malchance de faire cette découverte et de l'expier [3] rudement, car Sol-leck, d'un coup de dent, lui fendit l'épaule sur une longueur de trois centimètres. Buck évita avec soin à l'avenir de répéter l'offense [4], et tous deux restèrent bons camarades jusqu'à la fin. Sol-leck semblait, comme Dave, n'avoir d'autre désir que la tranquillité, et pourtant Buck découvrit plus tard que l'un et l'autre nourrissaient au fond du cœur une passion ardente dont il sera parlé plus loin.

Cette nuit-là, Buck dut résoudre le grand problème du sommeil. La tente, éclairée par une chandelle, projetait une lueur

1. **Jusqu'aux confins** : jusqu'aux limites.
2. **En maint combat** : en de nombreux combats.
3. **Expier** : être puni.
4. **Offense** : faute.

chaude sur la plaine blanche : mais quand tout naturellement il y entra, Perrault et François le bombardèrent de jurons[1] et d'ustensiles de cuisine qui le firent s'enfuir, consterné[2], au froid du dehors. Il soufflait un vent terrible qui le glaçait et rendait la blessure de son épaule particulièrement cuisante[3]. Il se coucha sur la neige et tenta de dormir, mais le froid le contraignit bientôt à se relever ; misérable et désolé, il errait au hasard, cherchant en vain un abri ou un peu de chaleur. De temps à autre, les chiens indigènes[4] tentaient de l'attaquer, mais il grognait en hérissant les poils de son cou (défense qu'il avait vite apprise) et montrait un front si formidable que les maraudeurs[5] se désistaient bientôt, et il continuait sa route sans être inquiété.

Soudain, Buck eut l'idée de chercher comment ses compagnons de trait se tiraient de cette difficulté. À sa grande surprise, tous avaient disparu ; il parcourut de nouveau tout le camp, puis revint à son point de départ sans parvenir à les trouver. Convaincu qu'ils ne pouvaient être sous la tente, puisqu'il en avait été chassé lui-même, il en refit le tour, grelottant, la queue tombante et se sentant très malheureux. Tout à coup la neige céda sous ses pattes et il s'enfonça dans un trou au fond duquel remuait quelque chose ; redoutant l'invisible

1. **Jurons** : gros mots.
2. **Consterné** : malheureux.
3. **Cuisante** : vive.
4. **Indigènes** : nés dans le pays.
5. **Maraudeurs** : voleurs.

et l'inconnu, il gronda et se hérissa avec un bond en arrière. Un petit gémissement amical lui ayant répondu, il revint poursuivre ses investigations, et, en même temps qu'un souffle d'air chaud lui parvenait à la face, il découvrait Billee roulé en boule sous la neige. Celui-ci gémit doucement, se mit sur le dos afin de prouver sa bonne volonté et ses intentions pacifiques, et alla même, pour faire la paix, jusqu'à passer sa langue chaude et mouillée sur le museau de l'intrus.

Autre leçon pour Buck, qui choisit immédiatement un emplacement, et après beaucoup d'efforts inutiles parvint à se creuser un trou. En un instant la chaleur de son corps remplissait ce petit espace, et il trouvait enfin un repos bien gagné.

La journée avait été longue et pénible, et son sommeil, quoique profond, fut entremêlé de luttes et de batailles livrées à des ennemis chimériques [1].

Buck n'ouvrit les yeux qu'au bruit du réveil du camp. Il ne comprit pas d'abord en quel lieu il se trouvait. La neige de la nuit l'avait complètement enseveli et ce mur glacé l'enserrait de toutes parts. La peur le saisit, celle de la bête sauvage prise au piège : indice du retour de sa personnalité à celle de ses ancêtres, car étant un chien civilisé, trop civilisé peut-être, il ignorait les pièges. Tous les muscles de son corps se contractèrent instinctivement ; les poils de sa tête et de ses épaules

1. **Chimériques** : imaginaires.

se hérissèrent, et avec un hurlement féroce, Buck apparut au grand jour, au milieu de la neige qui volait de toutes parts.

Avant de retomber sur ses pattes, il avait vu le camp devant lui, et s'était rappelé dans un éclair tout ce qui s'était passé, depuis la promenade avec Manoël, jusqu'au trou qu'il s'était creusé la nuit précédente. Une exclamation de François salua son apparition.

« Qu'est-ce que je disais ? criait-il à Perrault. Ce Buck est plus malin qu'un singe ! Il apprend avec une rapidité surprenante. »

Perrault hocha la tête d'un air de grave approbation[1]. Courrier[2] du gouvernement canadien, et porteur d'importantes dépêches, il était désireux de s'assurer les meilleures bêtes, et l'acquisition de Buck le satisfaisait pleinement.

En moins d'une heure, trois autres chiens furent ajoutés à l'attelage, formant ainsi un total de neuf animaux ; et un quart d'heure plus tard, tous, étant attelés, filaient dans la direction de Dyea Cannon. Buck était content de partir et quoique la tâche fût dure, elle ne lui parut point méprisable. Il fut frappé de l'ardeur[3] qui animait tout l'attelage et qui le saisit à son tour, mais plus encore du changement de Dave et de Sol-leck que le harnais transformait. Toute leur indifférence avait disparu ; alertes, actifs, désireux que l'ouvrage

1. **Approbation** : accord.
2. **Courier** : homme chargé de porter les dépêches.
3. **Ardeur** : force.

se fît bien, ils s'irritaient de tout ce qui pouvait les retarder, du moindre désordre ou d'une erreur quelconque.

L'expression de leur être semblait se réduire à bien tirer dans les traits, but suprême pour lequel ils vivaient et qui seul pouvait les satisfaire. Dave était limonier du traîneau ; devant lui étaient Buck et le Mal-Content ; le reste venait en file indienne, derrière le conducteur Spitz.

Buck avait été placé entre Dave et Sol-leck pour parachever[1] son éducation. Quelque bon élève qu'il se montrât, il avait encore beaucoup à apprendre, et il acquit beaucoup de ses deux maîtres qui ne le laissaient jamais longtemps dans l'erreur, et appuyaient leurs leçons de leurs dents acérées[2]. Dave était juste et modéré. Il ne mordait jamais Buck sans cause, mais à la moindre faute, il ne manquait pas de le serrer ; et comme le fouet de François le secondait toujours, Buck trouva plus profitable de se corriger que de riposter[3]. Pendant une courte halte[4], s'étant empêtré dans les traits, et, par suite, ayant retardé le départ de l'attelage, il reçut une correction à la fois de Dave et de Sol-leck. Le désordre qui en résulta fut plus grand encore, mais désormais, Buck évita soigneusement d'emmêler les traits ; et, avant la fin du jour, il avait si bien compris son travail, que ses camarades cessèrent de

1. **Parachever** : finir.
2. **Acérées** : tranchantes.
3. **Riposter** : répondre violemment.
4. **Halte** : arrêt.

le reprendre. Le fouet de François claqua moins souvent, et Perrault lui-même fit à Buck, pendant la halte, l'honneur de lui examiner soigneusement les pattes.

Ce fut une rude journée de marche ; ils traversèrent le Cannon, Sheep-Camp, les Scales et la limite des bois, franchirent des glaciers et des amas de neige de plusieurs centaines de pieds[1] de profondeur, passèrent enfin le Chilcoot-Divide qui sépare l'eau salée de l'eau fraîche, et garde avec un soin jaloux le Nord triste et solitaire. La caravane descendit rapidement la chaîne des lacs qui remplissent les cratères de volcans éteints ; la soirée était déjà avancée, lorsqu'elle s'arrêta dans le vaste camp situé à la tête du lac Bennett, où des milliers de chercheurs d'or construisaient des bateaux en prévision de la fonte des glaces au printemps. Comme la veille, Buck, ayant fait son trou dans la neige, s'y endormit du sommeil du juste, pour en être, le lendemain, déterré à la nuit noire, et reprendre le harnais avec ses compagnons.

Ce jour-là, ils firent quarante miles[2], car la voie était frayée[3] ; mais le lendemain, et bien des jours encore, ils durent, pour établir leur propre piste, travailler plus dur tout en avançant plus lentement. En général, Perrault précédait l'attelage, tassant la neige avec ses patins pour lui faciliter la route. François maintenait la barre du traîneau et changeait rarement de

1. **Pieds** : mesure anglo-saxonne de hauteur ; un pied est égal à 30 cm.
2. **Miles** : mesure anglo-saxonne de distance, équivalent à 1609 mètres.
3. **Frayée** : tracée.

place avec son compagnon. Perrault était pressé et se targuait de bien connaître la glace, science indispensable, car la couche nouvelle était peu épaisse et sur l'eau courante il n'y en avait pas du tout. Pendant de longs jours Buck tira dans les traits. On levait toujours le camp dans l'obscurité, et les premières lueurs de l'aube retrouvaient les voyageurs en marche, ayant déjà un certain nombre de miles à leur actif. D'habitude aussi, on dressait le camp à la nuit noire, les chiens recevaient une ration de poisson et se couchaient dans la neige ; Buck aurait voulu avoir plus à manger ; la livre et demie de saumon séché qui était sa pitance[1] journalière ne semblait pas lui suffire. Il n'avait jamais assez, et souffrait sans cesse de la faim ; toutefois les autres chiens, qui pesaient moins et étaient faits à cette vie, ne recevaient qu'une seule livre de nourriture, et se maintenaient en bon état. Buck perdit vite sa délicatesse de goût, fruit de son éducation première. Mangeur friand, il s'aperçut que ceux de ses congénères qui avaient fini les premiers lui volaient le reste de sa ration, sans qu'il pût la défendre contre leurs entreprises car, tandis qu'il écartait les uns, les autres avaient vite fait de happer le morceau convoité. Pour remédier à cet état de choses, il se mit à manger aussi vite qu'eux, et la faim le poussant, il n'hésita pas à prendre comme eux le bien d'autrui[2] quand l'occasion se présenta.

1. **Pitance** : portion de nourriture.
2. **D'autrui** : de l'autre.

Ayant vu Pike, un des nouveaux chiens, voleur habile, faire disparaître une tranche de jambon derrière le dos de Perrault, il répéta l'opération et la perfectionna dès le lendemain, emportant le morceau tout entier. Il s'ensuivit un grand tumulte, mais le coupable échappa aux soupçons, tandis que Dub, maladroit étourdi qui se faisait toujours pincer, fut puni pour la faute que Buck avait commise.

L'ensemble de qualités ou de défauts que déploya notre héros en ce premier acte de banditisme semblait démontrer qu'il triompherait de tous les obstacles de sa vie nouvelle ; il marquait la disparition de sa moralité, chose inutile et nuisible [1] dans cette lutte pour l'existence ; d'ailleurs Buck ne volait pas par goût, mais seulement par besoin, en secret et adroitement, par crainte du bâton ou de la dent.

Son développement physique fut complet et rapide, ses muscles prirent la dureté du fer, il devint insensible à la douleur ; son économie interne et externe se modifia. Il pouvait manger sans inconvénient les choses les plus répugnantes et les plus indigestes. Chez lui, la vue et l'odorat devinrent extrêmement subtils [2], et l'ouïe acquit une telle finesse que, dans son sommeil, il percevait le moindre bruit et savait en reconnaître la nature pacifique ou dangereuse. Il apprit à arracher la glace avec ses dents quand elle s'attachait à ses pattes ;

1. **Nuisible** : dangereuse.
2. **Subtils** : capables de voir ou de sentir toute chose.

et quand il avait soif et qu'une croûte épaisse le séparait de l'eau, il savait se dresser pour la casser en retombant avec ses pattes de devant. Sa faculté maîtresse était de sentir le vent, et de le prévoir une nuit à l'avance. Quelle que fût la tranquillité de l'air, le soir, quand il creusait son nid près d'un arbre ou d'un talus, le vent qui survenait ensuite le trouvait chaudement abrité, le dos à la bise.

L'expérience ne fut pas son seul maître, car des instincts endormis se réveillèrent en lui tandis que les générations domestiquées disparaissaient peu à peu.

Il apprit sans peine à se battre comme les loups, que ses aïeux[1] oubliés avaient combattus jadis[2]. Dans les nuits froides et calmes, quand, levant le nez vers les étoiles, il hurlait longuement, c'étaient ses ancêtres, aujourd'hui cendre et poussière, qui à travers les siècles hurlaient en sa personne. Siennes étaient devenues les cadences de leur mélopée monotone[3], ce chant qui signifiait le calme, le froid, l'obscurité !

C'est ainsi que la vie isolée de l'individu étant peu de chose, en somme, et les modifications de l'espèce laissant intacte la continuité de la race, avec ses traits essentiels, ses racines profondes et ses instincts primordiaux, l'antique chanson surgit soudain en cette âme canine et le passé renaquit en lui.

1. **Aïeux** : ancêtres.
2. **Jadis** : il y a longtemps.
3. **Les cadences de leur mélopée monotone** : les rythmes de leur chant triste.

Et cela parce que des hommes avaient découvert dans une région septentrionale[1] certain métal jaune qu'ils prisent[2] fort, et parce que Manoël, aide-jardinier, recevait un salaire qui n'était pas à la hauteur de ses besoins.

Dans les dures conditions de sa nouvelle existence, si des instincts anciens et oubliés reparaissaient chez Buck, ils croissaient en secret ; car son astuce nouvelle savait les équilibrer et les restreindre[3]. Trop neuf encore à cette vie si différente de l'ancienne pour s'y trouver à l'aise, il évitait les querelles ; aucune impatience ne trahissait donc la haine mortelle qu'il avait vouée à[4] Spitz, et il se gardait soigneusement de prendre l'offensive avec lui.

D'un autre côté et peut-être par cela même qu'il devinait en Buck un rival dangereux, Spitz ne perdait pas une occasion de lui montrer les dents. Il l'attaquait même sans raison, espérant ainsi faire naître la lutte qui se terminerait par la disparition de l'un d'eux. Presque au début du voyage, entre les deux chiens faillit se produire un conflit mortel, que seul vint prévenir une complication inattendue. À la fin d'une journée de marche, le campement avait été établi sur les bords du lac Le Barge. L'obscurité, la neige qui tombait et le vent coupant comme une lame de rasoir avaient forcé les voyageurs

1. **Septentrionale** : du nord.
2. **Qu'ils prisent** : qu'ils apprécient.
3. **Restreindre** : retenir.
4. **Qu'il avait vouée à** : qu'il avait contre.

à chercher en hâte[1] et à tâtons leur refuge pour la nuit. L'endroit était fort mal choisi ; derrière eux s'élevait un mur de rochers abrupts, et les hommes se virent obligés de faire du feu et d'étendre leurs sacs fourrés sur la surface même du lac ; ils avaient abandonné leur tente à Dyea pour alléger le paquetage. Quelques morceaux de bois de dérive leur fournirent un feu qui fit fondre la glace en s'y enfonçant et ils durent manger leur soupe dans l'obscurité.

Buck avait organisé son lit au pied des rochers ; il y faisait si chaud qu'il eut peine à le quitter quand François vint distribuer le poisson, dégelé au préalable devant le feu. Or, lorsque, ayant mangé, il revint à son nid, il le trouva occupé. Un grognement l'avertit que l'offenseur était Spitz. Buck avait évité jusqu'ici une querelle avec son ennemi, mais cette fois c'était trop. La bête féroce qui dormait en lui se déchaîna ; il sauta sur Spitz avec une furie qui surprit celui-ci, habitué à considérer Buck comme un chien très timide, dont la suprématie n'était due qu'à sa forte taille et à son gros poids.

François fut surpris, lui aussi, en les voyant tous deux bondir du trou, mais il devina le sujet de la dispute.

« Ah ! cria-t-il à Buck, vas-y mon vieux, et flanque une rossée à ce sale voleur ! »

Spitz était prêt à se battre. Hurlant de rage et d'ardeur, il tournait autour de Buck, guettant le moment favorable pour

1. **En hâte** : rapidement.

sauter sur lui. Buck, non moins ardent, mais plein de prudence, cherchait aussi à prendre l'offensive ; mais à ce moment survint l'incident qui remit à un avenir éloigné la solution de la querelle.

Un juron de Perrault, un coup de massue sur une échine [1] osseuse et un cri de douleur déterminèrent tout à coup une épouvantable cacophonie [2].

Le camp était rempli de chiens indigènes affamés, au nombre d'une soixantaine, venus sans doute d'un village indien et attirés par les provisions des voyageurs. Ils s'étaient glissés inaperçus pendant la bataille de Buck et de Spitz et quand les deux hommes avec leurs massues s'élancèrent au milieu des envahisseurs, ceux-ci montrèrent les dents et leur résistèrent. L'odeur des aliments les avait affolés. Perrault, en ayant trouvé un la tête enfouie dans une caisse de vivres, fit tomber lourdement son gourdin sur les côtes saillantes, et la caisse fut renversée à terre. À l'instant même, sans crainte du bâton, une vingtaine de créatures faméliques [3] se ruaient sur le pain et le jambon, hurlant et criant sous les coups, mais ne s'en disputant pas moins avidement les dernières miettes de nourriture. Pendant ce temps, les chiens d'attelage, étonnés, avaient sauté hors de leurs trous et une lutte terrible s'engageait

1. **Échine** : colonne vertébrale.
2. **Cacophonie** : mélange de sons désagréables.
3. **Faméliques** : maigres et affamées.

entre eux et les maraudeurs. De sa vie, Buck n'avait rien vu de pareil à ces squelettes recouverts de cuir, à l'œil étincelant, à la lèvre baveuse ; la faim les rendait terribles et indomptables.

Au premier assaut, les chiens de trait se virent repoussés au pied des rochers. Buck fut attaqué par trois d'entre eux, et, en un clin d'œil, sa tête et ses épaules étaient ouvertes et saignantes. Le bruit était effroyable. Billee gémissait comme à son ordinaire, Dave et Sol-leck, perdant leur sang par plusieurs blessures, combattaient courageusement côte à côte ; Joe mordait comme un diable ; une fois, ses mâchoires se refermèrent sur la jambe d'un des maraudeurs et l'on entendit craquer l'os. Pike, le geignard [1], sauta sur un animal estropié [2] et lui cassa les reins d'un coup de dent. Buck saisit par la gorge un adversaire écumant [3], lui planta les dents dans la jugulaire [4], et le goût du sang dont il fut inondé surexcitant sa vaillance, il se jeta sur un autre ennemi avec une fureur redoublée ; mais au même moment il sentit des crocs aigus s'enfoncer dans sa gorge : c'était Spitz qui l'attaquait traîtreusement de côté.

Perrault et François, ayant réussi à débarrasser le camp, se précipitèrent à son secours, et Buck parvint à se délivrer. Mais les deux hommes furent rappelés du côté des caisses de conserves, menacées de nouveau ; et cette fois, les envahisseurs,

1. **Geignard** : qui se plaint tout le temps.
2. **Estropié** : qui a perdu l'usage d'un ou plusieurs membres.
3. **Écumant** : baveux.
4. **Jugulaire** : grosse veine située sur les côtés du cou.

réduits en nombre, mais désespérés, montraient un front si féroce que Billee, puisant du courage dans l'excès même de sa terreur, s'élança hors du cercle menaçant; et s'enfuit sur la glace au risque de l'effondrer; Pike et Dub le suivirent de près, ainsi que le reste de l'attelage. Au moment où Buck prenait son élan pour les rejoindre, il vit du coin de l'œil Spitz se préparant à sauter sur lui pour le terrasser[1]. Une fois par terre, au milieu de cette masse de fuyards, c'en était fait de lui: mais il put résister au choc de Spitz, et rejoindre ses camarades sur le lac.

Les neuf chiens d'attelage, n'étant plus poursuivis, se réunirent et cherchèrent un abri dans la forêt. Ils offraient un piteux[2] aspect, chacun avait cinq ou six blessures, dont quelques-unes étaient profondes. Dub était grièvement blessé à une jambe de derrière; Dolly, le dernier chien acheté à Dyea, avait une large plaie au cou; Joe avait perdu un œil, et le doux Billee, ayant une oreille déchiquetée et mangée, ne cessa de gémir et de geindre tout le reste de la nuit. À l'aube, chacun regagna péniblement le camp, pour trouver les maraudeurs en fuite et les deux hommes de fort mauvaise humeur, car la moitié de leurs provisions avaient disparu. Rien de ce qui pouvait se manger n'avait échappé aux indigènes.

1. **Terrasser**: jeter à terre.
2. **Piteux**: triste, qui fait pitié.

Ils avaient dévoré les courroies du traîneau et des bâches, avalé une paire de mocassins en cuir de buffle appartenant à Perrault, des fragments de harnais de cuir, et plus de soixante centimètres de la mèche du fouet de François. Celui-ci contemplait tous ces dégâts avec tristesse, lorsqu'arrivèrent ses chiens blessés.

« Ah ! mes amis, fit-il avec tristesse, peut-être allez-vous devenir tous enragés avec ces morsures… Qu'en pensez-vous, Perrault ? »

Le courrier hocha la tête, soucieux. Quatre cents miles le séparaient de Dawson, et l'hypothèse de François le faisait frémir. Deux heures de jurons et d'efforts remirent les choses en place, et l'attelage raidi par ses blessures repartit pour affronter la course la plus dure qu'il devait fournir jusqu'à Dawson. La rivière de Thirty-Mile, défiant la gelée, roulait librement ses eaux agitées, et la glace ne portait que dans les petites baies et les endroits tranquilles. Il fallut six jours d'un travail opiniâtre[1] et d'un péril constant pour couvrir ces terribles trente miles. Une demi-douzaine de fois, Perrault, qui marchait en éclaireur, sentit la glace céder sous son poids, et ne fut sauvé que par le long bâton qu'il portait de façon à le placer en travers du trou fait dans la glace par son corps. Le froid était terrible, le thermomètre marquait 50 degrés au-dessous

1. **Travail opiniâtre** : travail fait avec persévérance.

de zéro, et Perrault devait, après chaque bain involontaire, allumer du feu et sécher ses vêtements.

Mais rien ne l'arrêtait, et il justifiait bien le choix fait de lui comme courrier du gouvernement. Avec sa petite figure ratatinée et vieillotte, on le voyait toujours au poste le plus dangereux, s'aventurant résolument sur les berges [1] où la glace craquait parfois à faire frémir, toujours maître de soi, inlassable et incapable de découragement. Une fois, le traîneau s'enfonça : Dave et Buck étaient gelés et presque noyés lorsqu'on réussit à les sortir de l'eau. Il fallut, pour les sauver, allumer le feu habituel ; une carapace de glace les recouvrait, et les deux hommes, pour les dégeler et les réchauffer, durent les faire courir si près du feu que leurs poils en furent roussis.

Une autre fois, Spitz s'enfonça, suivi d'une partie de l'attelage, jusqu'à Buck, qui, se rejetant de toute sa force en arrière, crispait ses pattes sur le rebord glissant, tandis que la glace tremblait. Derrière lui était Dave, faisant aussi des efforts pour retenir le traîneau que François tirait à se faire craquer les tendons [2]. Un jour enfin, la glace du bord se rompit tout à fait, et leur seule chance de salut fut d'escalader la muraille de rochers. Perrault y réussit par un miracle que François implorait du ciel ; puis on réunit les lanières, les courroies du traîneau, et jusqu'au dernier morceau de harnais pour

1. **Berges** : bords d'un lac ou d'une rivière.
2. **À se faire craquer les tendons** : à se déboîter le bras.

faire une longue corde, qui servit à hisser les chiens un à un au sommet de la falaise. François vint le dernier après le traîneau et son chargement. Il fallut ensuite trouver un autre endroit propice à la descente qui fut opérée aussi à l'aide de la corde, et la nuit retrouva, sur le bord de la rivière, les malheureux à un quart de mile de leur point de départ. Parvenus à Hootalinqua et à la glace résistante, Buck était anéanti[1], et les autres ne valaient guère mieux; mais l'inflexible Perrault exigea, pour réparer le temps perdu, un effort de plus de son attelage. Il fallut partir tôt et s'arrêter tard. Ils firent, le premier jour, trente-cinq miles jusqu'au Big-Salmon, et le deuxième, trente miles, ce qui les amena tout près de Five-Fingers.

Les pattes de Buck n'étaient pas aussi endurcies et résistantes que celles des autres chiens; elles s'étaient amollies par l'effet des siècles de civilisation qui pesaient sur lui, et toute la journée le chien boitillait en souffrant horriblement. Le camp une fois dressé, il se laissait tomber comme mort, sans pouvoir même, malgré sa faim, venir chercher sa ration que François était obligé de lui apporter. Celui-ci, touché de pitié, avait pris l'habitude de lui frictionner les pattes tous les jours pendant une demi-heure après son souper, et il finit par sacrifier une paire de mocassins pour faire quatre chaussures à l'usage de Buck. Ce lui fut un grand soulagement; et la figure renfrognée de Perrault se dérida un jour en voyant Buck, dont François

1. **Anéanti**: très fatigué et désespéré.

avait oublié les mocassins, se coucher sur le dos et agiter désespérément ses quatre pattes en l'air sans vouloir bouger. À la longue, elles s'endurcirent à la route, et les chaussures usées furent abandonnées.

À Pelly, au moment d'atteler, un matin Dolly, jusque-là très calme, donna tout à coup des signes de rage. Elle annonça son état par un long hurlement si plein de désespoir et d'angoisse, que chaque chien s'en hérissait d'effroi[1]; puis elle bondit sur Buck. Celui-ci n'avait jamais vu de cas de rage; toutefois il sembla deviner la hideuse[2] maladie, et s'enfuit poussé par une panique effroyable. Il filait bon train, la chienne écumante le suivant de tout près, car il n'arrivait pas à la distancer, malgré la terreur qui lui donnait des ailes. Il se fraya un passage à travers les bois, jusqu'à l'autre extrémité de l'île, traversa un chenal[3] plein de glace pour atterrir dans une autre île, puis dans une troisième, fit un retour vers le fleuve principal et, en désespoir de cause, allait le traverser, car sans la voir, il entendait la bête gronder derrière lui. François le rappela de très loin, et il revint sur ses pas, haletant, suffoquant, mais plein de confiance dans son maître. Celui-ci tenait à la main une hache, et lorsque Buck passa devant lui comme un éclair, il vit l'outil s'enfoncer dans le crâne de la bête enragée.

1. **D'effroi** : de terreur.
2. **Hideuse** : horrible.
3. **Chenal** : passage qui donne accès à un port.

Chancelant [1], il s'arrêta près du traîneau, à bout de souffle et sans forces. Ce fut le moment choisi par Spitz pour sauter sur lui, deux fois ses dents s'enfoncèrent dans la chair de l'ennemi sans défense, la déchirant jusqu'à l'os. Mais le fouet de François s'abattit sur le traître, et Buck eut la satisfaction de lui voir subir une correction des plus sévères.

« Ce Spitz est un diable incarné, fit Perrault ; il finira par nous tuer Buck, si l'on n'y veille.

– Buck vaut deux diables à lui seul, répondit François ; quelque beau jour, vous pouvez m'en croire, il avalera Spitz tout entier pour le recracher sur la neige. »

À partir de ce moment, en effet, ce fut la guerre ouverte entre les deux chiens. Spitz, comme chef de file, maître reconnu de l'attelage, sentait sa suprématie [2] diminuer devant cet animal si peu semblable aux nombreux chiens du Sud qu'il avait connus. Bien différent de ces animaux délicats et fragiles, Buck supportait les privations sans en souffrir ; il rivalisait de férocité et d'astuce avec le chien du pays. Plein de finesse sous sa forte charpente [3], il savait attendre son heure avec une patience digne des temps primitifs.

Buck désirait un conflit au sujet de la direction suprême, car il était dans sa nature de vouloir dominer ; de plus, il avait été saisi de cette passion incompréhensible du trait, qui fait

1. **Chancelant** : en tremblant.
2. **Suprématie** : supériorité, autorité.
3. **Charpente** : squelette.

tirer les chiens jusqu'à leur dernier souffle, les pousse à mourir joyeusement sous le harnais et leur fend le cœur s'ils en sont éloignés. C'était la passion de Dave comme limonier ; de Sol-leck tirant de toute sa force ; passion qui les saisissait le matin au lever du camp, et les transformait, de brutes moroses et maussades[1], en créatures ardentes, alertes et généreuses. C'était cette même passion qui poussait Spitz à corriger sévèrement toute faute dans le service, à dresser en conscience les nouvelles recrues, mais qui lui faisait en même temps pressentir et combattre toute supériorité capable de lui susciter un rival.

Buck en vint à menacer effrontément l'autorité de Spitz, s'interposant entre lui et ceux qu'il voulait punir. Une nuit, il y eut une épaisse tombée de neige et, le matin venu, Pike le geignard n'apparut pas ; il restait blotti dans son trou sous un blanc matelas. François l'appela et le chercha en vain. Spitz était fou de rage. Il arpentait le camp, reniflant et grattant partout, et grognant si furieusement que le coupable en tremblait d'effroi dans sa cachette.

Quand il fut enfin déterré et que Spitz, exaspéré, sautait sur lui pour le corriger, Buck, également furieux, s'élança entre les deux. Ce fut si inattendu et si habilement accompli que Spitz, étonné, retomba en arrière. Pike, jusque-là tremblant de peur, rassembla son courage, fondit sur son chef renversé,

1. **Maussades** : de mauvaise humeur.

et Buck, oublieux de toute loyauté, s'élançait lui aussi, pour l'achever. Mais François, défenseur de la justice, intervint avec son fouet. Il lui fallut d'ailleurs employer le manche pour réussir à faire lâcher à Buck son rival terrassé. Le révolté, étourdi par le coup, abandonna son ennemi et fut corrigé sans merci, tandis que Spitz, de son côté, punissait vigoureusement Pike le geignard.

Pendant les jours qui suivirent, et qui les rapprochaient de Dawson, Buck continua à s'interposer entre Spitz et les coupables ; mais, toujours rusé, il le faisait hors de la vue de François. Cette secrète mutinerie [1] encourageait l'insubordination [2] générale, à laquelle Dave et Sol-leck seuls échappaient ; ce n'était que querelles, luttes incessantes [3] ; et François, toujours inquiet de ce terrible duel, qu'il savait bien devoir se produire tôt ou tard, dut plus d'une nuit, au bruit des batailles, quitter ses couvertures de fourrure, pour intervenir entre les combattants. L'occasion favorable ne se présenta pas, et ceux-ci arrivèrent à Dawson sans avoir vidé leur différend [4]. Ils y trouvèrent beaucoup d'hommes et d'innombrables chiens, qui, selon l'habitude, travaillaient sans relâche. Tout le long du jour, les attelages infatigables sillonnaient la rue principale, et la nuit, leurs clochettes tintaient encore. Ils tiraient

1. **Mutinerie** : révolte.
2. **L'insubordination** : la rébellion, le refus d'obéir.
3. **Incessantes** : qui ne s'arrêtent jamais.
4. **Différend** : désaccord, dispute.

des chargements de bois de construction ou de bois à brûler, rapportaient les produits des mines, faisaient, en un mot, tous les travaux exécutés par des chevaux dans la vallée de Santa-Clara. Buck, de temps à autre, rencontrait des chiens du Sud, mais en général c'étaient des métis de loups et de chiens du pays. Chaque nuit, à neuf heures, à minuit, à trois heures du matin, ils faisaient entendre un chant nocturne, étrange et fantastique, auquel Buck était heureux de se joindre. Quand l'aurore boréale [1] brillait froide et calme au firmament, que les étoiles scintillaient avec la gelée, et que la terre demeurait engourdie et glacée sous son linceul de neige [2], ce chant morne, lugubre et modulé [3], sur le ton mineur avait quelque chose de puissamment suggestif, évocateur d'images et de rumeurs antiques. C'était la plainte immémoriale [4] de la vie même, avec ses terreurs et ses mystères, son éternel labeur d'enfantement et sa perpétuelle angoisse de mort ; lamentation vieille comme le monde, gémissement de la terre à son berceau ; et Buck, en s'associant à cette plainte, en mêlant fraternellement sa voix aux sanglots de ces demi-fauves, Buck franchissait d'un bond le gouffre des siècles, revenait à ses aïeux, touchait à l'origine même des choses.

1. **Aurore boréale** : phénomène lumineux qui donne au ciel nocturne des voiles de couleur (surtout du vert).
2. **Engourdie et glacée sous son linceul de neige** : immobile et glacée sous sa couverture de neige.
3. **Morne, lugubre et modulé** : triste, sinistre et rythmé.
4. **Immémoriale** : très ancienne.

Sept jours après son entrée à Dawson, la caravane descendait les pentes abruptes[1] des Barraks, sur les bords du Yukon, et repartait pour Dyea et Salt-Water. Perrault emportait des dépêches plus importantes encore que les premières ; la passion de la route l'avait saisi à son tour, et il voulait cette année-là battre le record des voyages. Plusieurs circonstances lui étaient favorables : le bagage était léger, la semaine de repos avait remis les chiens en état, la voie tracée était battue par de nombreux voyageurs et, de plus, la police avait établi deux ou trois dépôts de provisions pour les hommes et les chiens. Ils firent dans leur première étape Sixty-Mile, ce qui est une course de soixante miles, et le second jour franchirent le Yukon dans la direction de Pelly. Mais cette course rapide ne s'accomplit pas sans beaucoup de tracas et d'ennuis pour François. La révolte insidieusement fomentée[2] par Buck avait détruit l'esprit de solidarité dans l'attelage, qui ne marchait plus comme un seul chien.

L'encouragement sourdement[3] donné aux rebelles les poussait à toutes sortes de méfaits. Spitz n'était plus un chef à redouter ; il n'inspirait plus le respect, et son autorité était discutée.

Pike lui vola un soir la moitié d'un poisson et l'avala sous l'œil protecteur de Buck. Une autre nuit, Dub et Joe se battirent

1. **Abruptes** : très raides.
2. **Insidieusement fomentée** : préparée en secret.
3. **Sourdement** : en secret.

avec Spitz et lui firent subir le châtiment qu'ils méritaient eux-mêmes à juste titre ; Billee le pacifique devenait presque agressif, et Buck lui-même ne montrait pas toute la magnanimité[1] désirable. Fort de sa supériorité, il insultait ouvertement l'ennemi qui naguère le faisait trembler, et, pour tout dire, agissait un peu en bravache[2].

Le relâchement de la discipline influait même sur les rapports des chiens entre eux. Ils se disputaient et se querellaient sans cesse. Seuls, Dave et Sol-leck ne changeaient pas, tout en subissant le contrecoup de ces luttes perpétuelles. François avait beau jurer comme un diable en sa langue barbare, frapper du pied, s'arracher les cheveux de rage et faire constamment siffler son fouet au milieu de la meute ; sitôt qu'il avait le dos tourné, le désordre recommençait. Il appuyait Spitz de son autorité, mais Buck soutenait de ses dents le reste de l'attelage. François devinait qu'il était au fond de tout ce désordre, et Buck se savait soupçonné, mais il était trop habile pour se laisser surprendre. Il travaillait consciencieusement, car le harnais lui était devenu très cher ; mais il éprouvait un bonheur plus grand encore à exciter ses camarades et à semer ainsi le désordre dans les rangs.

À l'embouchure de la Tahkeena, un soir après souper, Dub fit lever un lapin et le manqua. Aussitôt la meute entière partit

1. **Magnanimité** : générosité, gentillesse.
2. **Bravache** : en faisant semblant d'être brave.

en chasse. Cent mètres plus loin, cinquante chiens indigènes se joignirent à la bande. Le lapin se dirigea vers la rivière et tourna dans un petit ruisseau dont il remonta rapidement la surface gelée; il courait léger sur la neige, tandis que les chiens enfonçaient à chaque pas. La forme superbe de Buck se détachait en tête de la bande sous la clarté pâle de la lune, mais toujours devant lui bondissait le lapin, semblable à un spectre[1] hivernal.

Ces instincts anciens, qui à des périodes fixes poussent les hommes à se rendre dans les bois et les plaines pour tuer le gibier à l'aide de boulettes de plomb, ces instincts vibraient en Buck, mais combien plus profonds! Poursuivre une bête sauvage, la tuer de ses propres dents et plonger son museau jusqu'aux yeux dans le sang âcre[2] et chaud, tout cela constituait pour lui une joie intense, quintessence[3] de sa vie même. À la tête de sa horde[4], il faisait résonner le cri de guerre du loup en s'efforçant d'atteindre la forme blanche qui fuyait devant lui au clair de lune.

Mais Spitz, calculateur méthodique, au plus fort même de ses ardeurs, abandonna la meute et coupa à travers une étroite bande de terrain que le ruisseau enserrait d'un long détour. Buck ne s'en aperçut pas, et lorsqu'il parvint à quelques mètres

1. **Spectre**: fantôme.
2. **Âcre**: amer et acide.
3. **Quintessence**: le plus important.
4. **Horde**: groupe.

du lapin, il vit surgir une autre forme blanche qui bondissait du haut du talus et venait lui prendre sa proie. Le lapin ne pouvait plus tourner, et quand les dents acérées lui brisèrent les reins, il poussa un cri perçant comme celui d'un humain. La meute, sur les talons de Buck, hurla de joie en entendant ce signal de mort.

Seul, Buck demeura muet, et sans arrêter son élan, se précipita sur Spitz, épaule contre épaule, si violemment qu'ils roulèrent ensemble dans la neige pulvérisée. Spitz, se retrouvant sur ses pattes aussitôt, entailla l'épaule de Buck d'un coup de dent et bondit plus loin. Deux fois, ses mâchoires se refermèrent sur lui comme les ressorts d'acier d'un piège ; deux fois, il recula pour reprendre son élan, et sa lèvre amaigrie se retroussait en un rictus [1] formidable : l'heure décisive était venue !

Tandis qu'ils tournaient autour l'un de l'autre, les oreilles en arrière, cherchant l'endroit vulnérable [2], Buck eut comme le ressouvenir d'une scène familière, déjà vécue. Il en reconnaissait tous les détails : la terre et les bois tout blancs, le clair de lune et la bataille elle-même. Un calme fantastique régnait sur cette pâleur silencieuse. Rien ne remuait ; dans les airs montait toute droite l'haleine des chiens qui, les yeux étincelants, entouraient les deux combattants d'un cercle muet. Spitz était

1. **Rictus** : sourire grimaçant.
2. **Vulnérable** : fragile.

un adversaire expérimenté. Du Spitzberg au Canada, il avait combattu toutes espèces de chiens et s'en était rendu maître. Sa fureur n'était jamais aveugle ; car le désir violent de mordre et de déchirer ne lui laissait pas oublier chez son ennemi une passion semblable à la sienne. Jamais il ne s'élançait le premier et n'attaquait qu'après s'être défendu. En vain, Buck tentait de le mordre ; chaque fois que ses dents cherchaient à s'enfoncer dans le cou du chien blanc, elles rencontraient celles de Spitz. Les crocs s'entrechoquaient, les lèvres saignaient, mais Buck ne pouvait arriver à surprendre son rival. Il s'échauffa, l'enveloppa d'un tourbillon d'attaques ; mais toujours Spitz ripostait d'un coup de dent et bondissait de côté. Buck fit alors mine de s'élancer à hauteur de museau de son ennemi, puis, rentrant soudain la tête, il se servit de son épaule comme d'un bélier pour en battre l'adversaire, ce qui lui valut un nouveau et terrible coup de dent, tandis que Spitz bondissait légèrement au loin. Celui-ci restait sans blessure en face de Buck hors d'haleine et ruisselant de sang. La bataille approchait du dénouement [1] ; et le cercle des chiens-loups en attendait l'issue pour achever le vaincu. Voyant Buck à bout de souffle, Spitz prit l'offensive [2], lui livra assaut sur assaut et le fit chanceler sur ses pattes. Il tomba même et les soixante chiens se dressèrent ; mais avec la rapidité de l'éclair il se releva, terrible,

1. **Dénouement** : fin.
2. **Prit l'offensive** : attaqua en premier.

et le cercle affamé dut se résigner à attendre. Buck avait de l'imagination, qualité qui peut doubler la force. Tout en combattant, sa tête travaillait. Il s'élança comme pour atteindre son ennemi à l'épaule, et rasant terre au dernier moment, ses dents se refermèrent sur la patte droite de Spitz ; on entendit les os craquer ; cependant, malgré sa blessure, le chien blanc réussit à repousser plusieurs assauts de Buck. Celui-ci alors renouvela sa tactique et broya la seconde patte de devant. Réduit à l'impuissance, Spitz s'efforçait de lutter contre sa douleur et de se tenir debout. Il voyait le cercle silencieux, aux yeux étincelants, aux langues pendantes, se refermer lentement sur lui, comme il en avait vu d'autres le faire autour de ses victimes. Aujourd'hui, il se savait perdu irrémissiblement[1], car Buck serait inexorable[2].

L'assaut final était proche ; le cercle des chiens-loups se resserrait à tel point que leur haleine chaude soufflait sur les flancs des combattants. Buck les voyait derrière Spitz et à ses côtés, les yeux fixés sur lui, prêts à bondir. Il y eut un instant d'arrêt ; chaque animal restait immobile comme une figure de pierre ; seul, Spitz, frissonnant et chancelant, hurlait comme pour éloigner la mort prochaine. Puis Buck fit un bond et sauta de côté, mais dans ce mouvement il avait avec son épaule renversé l'ennemi. Le cercle rétréci devint un point

1. **Irrémissiblement** : définitivement.
2. **Inexorable** : impitoyable.

sombre sur la neige argentée par la lune, et Spitz disparut sous la horde affamée, tandis que Buck resté debout contemplait la curée[1]... bête primitive qui, ayant tué, jouissait de cette mort qu'elle avait donnée.

1. **Curée** : moment où la meute des chiens se jette sur l'animal mort pour le manger.

Chapitre 3
Buck prend le commandement

« Hein ! qu'est-ce que j'avais prévu ? L'avais-je dit que Buck valait deux diables ? »

Ainsi parlait François, quand le matin suivant, ayant constaté la disparition de Spitz, il attira Buck près du feu, pour compter ses blessures.

« Ce Spitz s'est battu comme un démon, dit Perrault, en examinant les nombreuses déchirures béantes[1].

– Et ce Buck comme l'enfer tout entier, répondit François. Maintenant nous allons bien marcher… Plus de Spitz, plus d'ennuis ! »

Tandis que Perrault emballait les effets de campement et chargeait le traîneau, François s'occupait d'atteler les chiens. Buck vint à la place qu'occupait Spitz comme chef de file, mais François, sans faire attention à lui, installa à ce poste tant désiré Sol-leck, qu'il jugeait le plus apte[2] à l'occuper ; Buck furieux sauta sur le Mal-Content, le chassa et se mit à sa place.

1. **Béantes** : largement ouvertes.
2. **Le plus apte** : le plus capable.

« Hé, hé ! cria François en frappant joyeusement des mains, regardez ce Buck ! Il a tué Spitz, et maintenant il croit faire l'affaire comme chef.

– Va-t'en ! hors de là !... » cria-t-il.

Mais Buck refusa de bouger. François prit le chien par la peau du cou malgré ses grognements menaçants, le mit de côté et replaça Sol-leck dans les traits. Cela ne faisait pas du tout l'affaire du vieux chien, terrifié par l'attitude menaçante de Buck. François s'entêta, mais dès qu'il eut le dos tourné, Buck déplaça Sol-leck qui ne fit aucune difficulté pour s'en aller. Fureur de François :

« Attends un peu, je vais t'apprendre !... » cria-t-il, revenant armé d'un lourd bâton.

Buck, se rappelant l'homme au maillot rouge, recula lentement, sans essayer de nouvelle charge, lorsque Sol-leck fut pour la troisième fois à la place d'honneur ; mais, grognant de colère, il se mit à tourner autour du traîneau, hors de portée du bâton et prêt à l'éviter si François le lui avait lancé. Une fois Sol-leck attelé, le conducteur appela Buck pour le mettre à sa place ordinaire, devant Dave. Buck recula de deux ou trois pas ; François le suivit, il recula encore. Après quelques minutes de ce manège, François lâcha son bâton, pensant que le chien redoutait les coups. Mais Buck était en pleine révolte. Ce n'était pas seulement qu'il cherchât à éviter une correction, il voulait la direction de l'attelage qu'il estimait avoir gagnée et lui appartenir de droit.

Perrault vint à la rescousse ; pendant près d'une heure, les deux hommes s'évertuèrent à courir après Buck, lui lançant des bâtons qu'il évitait avec adresse. Il fut alors maudit ainsi que son père et sa mère et toutes les générations qui procéderaient de lui jusqu'à la fin des siècles ; mais il répondait aux anathèmes[1] par des grognements et toujours échappait. Sans tenter de s'enfuir, il tournait autour du camp, pour bien prouver qu'il ne voulait aucunement se dérober[2], et qu'une fois son désir satisfait, il se conduirait bien.

François s'assit et se gratta la tête ; Perrault regarda sa montre derechef[3], se mit à sacrer[4] et jurer : le temps passait, il y avait déjà une heure de perdue. François fourragea[5] de plus belle dans ses cheveux ; puis il hocha la tête, ricana d'un air assez penaud en regardant le courrier qui haussa les épaules comme pour constater leur défaite. François s'approcha de Sol-leck tout en appelant Buck ; celui-ci rit comme savent rire les chiens, mais il conserva ses distances. François détacha les traits de Sol-leck et le remit à sa place habituelle. L'attelage prêt à partir formait une seule ligne complète sauf la place de tête qui attendait Buck. Une fois encore François l'appela, mais une fois encore Buck fit l'aimable sans s'approcher de lui.

1. **Anathèmes** : insultes.
2. **Se dérober** : fuir.
3. **Derechef** : de nouveau.
4. **Sacrer** : dire des insultes contre un dieu ou une religion.
5. **Fourragea** : se gratta.

« Jetez le bâton », ordonna Perrault.

François ayant obéi, Buck trotta jusqu'à lui, frétillant et glorieux, et se plaça de lui-même à la tête de l'attelage. Les traits une fois attachés, le traîneau démarra, les deux hommes prirent le pas de course et tous se dirigèrent vers la rivière gelée. Avant la fin du jour, Buck prouvait qu'il était digne du poste si orgueilleusement[1] revendiqué. D'un seul coup, il avait acquis l'autorité d'un chef ; et dans les circonstances nécessitant du jugement, une réflexion prompte[2], ou une action plus rapide encore, il se montra supérieur à Spitz, dont François n'avait jamais vu l'égal.

Buck excellait à imposer la loi et à la faire respecter de ses camarades. Le changement de chef ne troubla ni Dave ni Sol-leck ; leur seule pensée étant de tirer de toutes leurs forces, pourvu que rien ne vînt les en empêcher, ils ne demandaient pas autre chose. Le placide[3] Billee aurait pu être mis en tête qu'ils l'auraient accepté s'il avait maintenu l'ordre. Mais les autres chiens, indisciplinés dans les derniers jours de Spitz, furent grandement surpris quand Buck se mit en devoir de leur faire sentir son autorité. Pike, qui venait derrière lui et qui jamais ne tirait une once de plus qu'il ne fallait, fut si véhémentement[4] repris de son manque de zèle[5], qu'avant

1. **Orgueilleusement** : avec fierté.
2. **Prompte** : rapide.
3. **Placide** : calme.
4. **Véhémentement** : violemment.
5. **Zèle** : volonté.

la fin du premier jour il tirait plus fort qu'il ne l'avait jamais fait encore. Joe le grincheux, ayant essayé de désobéir, apprit dans la même journée à connaître son maître.

La tactique de Buck fut simple et efficace. Profitant de son poids supérieur, il s'installa sur son camarade, le harcela et le mordit jusqu'à ce qu'il criât grâce [1] en gémissant. Le ton général de l'attelage se releva tout aussitôt; il reprit son ensemble, et les chiens tirèrent de nouveau comme un seul. Aux rapides Rinks, deux chiens du pays, Teek et Koona, furent ajoutés à la meute, et la promptitude avec laquelle Buck les dressa stupéfia François.

« Il n'y a jamais eu un chien comme Buck, non jamais ! Il vaut mille dollars comme un cent ! N'est-ce pas, Perrault ? »

Et Perrault approuvait. Non seulement il avait regagné le temps perdu, mais il prenait tous les jours de l'avance sur le dernier record. La voie, en excellente condition, était bien battue et durcie; et il n'y avait pas de neige nouvellement tombée pour entraver [2] la marche. Le froid n'était pas trop vif : le thermomètre se maintint à cinquante degrés au-dessous de zéro, pendant tout le voyage. Les hommes se faisaient porter et couraient à tour de rôle, et les chiens étaient tenus en haleine sans arrêts fréquents.

---

1. **Criât grâce** : demandât pitié.
2. **Entraver** : empêcher.

La rivière de Thirty-Mile était à peu près gelée, ce qui leur permit au retour de faire en une seule journée le trajet qui leur en avait pris dix en allant. D'une seule traite ils firent les soixante miles qui vont du pied du lac Le Barge aux rapides de White-Horse ; et parvenus à la région de Marsh, Tagish et Benett, les chiens prirent une allure si vertigineuse[1] que celui des deux hommes dont c'était le tour d'aller à pied dut se faire remorquer par une corde à l'arrière du traîneau. La dernière nuit de la seconde semaine, on atteignit le haut de White-Pass, les voyageurs dévalaient la pente vers la mer, ayant à leurs pieds les lumières de Skagway et des navires de la rade[2]. Durant quatorze jours, ils avaient fait une moyenne journalière de quarante miles ! Perrault et François se pavanèrent[3] pendant trois jours, dans la grande rue de Skagway, et furent comblés d'invitations à boire, tandis que l'attelage était environné d'une foule admirative. Après quoi, trois ou quatre chenapans de l'Ouest, ayant fait une tentative de vol dans la ville, furent canardés[4] sans merci, et l'intérêt du public changea d'objet.

1. **Vertigineuse** : rapide.
2. **Rade** : port.
3. **Se pavanèrent** : firent les fiers.
4. **Furent canardés** : se firent tirer dessus.

Puis vinrent des ordres officiels : François appela Buck près de lui, et l'entoura de ses bras en pleurant ; ce fut leur dernière entrevue, et François avec Perrault, comme bien d'autres, passèrent pour toujours hors de la vie de Buck.

Ses camarades et lui furent alors confiés à un métis écossais, et reprirent, en compagnie d'une douzaine d'autres attelages, la pénible route de Dawson. Il ne s'agissait plus cette fois de fournir une course folle et de battre un record à la suite de l'intrépide[1] Perrault. Ils faisaient le service de la poste, passant constamment par la même route, traînant éternellement la même lourde charge. Ce métier ne plaisait pas autant à Buck, néanmoins il mettait son orgueil à le faire bien, comme Dave ou Sol-leck, et s'assurait que ses camarades, contents ou non, le faisaient bien aussi.

C'était une vie monotone et réglée comme le mouvement d'une machine. Les jours étaient tous semblables entre eux. Le matin, à heure fixe, les cuisiniers apparaissaient, allumaient les feux, et on déjeunait. Puis, tandis que les uns s'occupaient de lever le camp, les autres attelaient les chiens, et le départ avait lieu une heure avant la demi-obscurité qui annonce l'aurore. À la nuit, on établissait le camp ; les uns préparaient les tentes, les autres coupaient du bois et des rameaux de sapins pour les lits, ou apportaient de l'eau et de la glace pour la cuisine. On donnait alors aux chiens leur nourriture, ce qui était

1. **Intrépide** : qui n'a peur de rien.

pour eux le fait principal de la journée ; puis une fois leur poisson mangé, ils allaient flâner dans le camp pendant une heure ou deux, faisant connaissance avec les autres chiens, en général au nombre d'une centaine. On comptait parmi ceux-ci de farouches [1] batailleurs, mais trois victoires remportées sur les plus redoutables acquirent à Buck la suprématie, et tous s'éloignaient quand il se hérissait en montrant les dents.

Son plus grand plaisir était de se coucher près du feu, les pattes allongées, les membres postérieurs repliés sous lui, la tête levée, les yeux clignotant à la flamme. Buck pensait alors parfois à la maison du juge Miller, dans la vallée ensoleillée, à la piscine cimentée, à Isabel, le mexicain sans poils, ou au japonais Toots; mais le plus souvent il se rappelait l'homme au maillot rouge, la mort de Curly, la grande bataille avec Spitz, et les bonnes choses qu'il avait mangées ou aimerait à manger. Il n'avait pas le mal du pays : et le Sud lui était devenu vague et lointain. Bien plus puissante était chez lui l'influence héréditaire qui allait s'affirmant chaque jour davantage, lui présentant comme familières des choses jamais vues ; appelant impérieusement [2] à la surface les instincts primitifs qui sommeillaient au fond de son être.

Parfois, étendu devant le feu en regardant danser les flammes, immobile mais non endormi, il lui semblait avoir

1. **Farouches** : violents.
2. **Impérieusement** : de façon impérative.

veillé jadis près d'un autre homme tout différent du métis écossais. Cet homme-là, couvert de poils, les cheveux longs, proférait des sons inintelligibles en scrutant[1] l'obscurité d'un œil inquiet. Puis il cédait au besoin de repos, et il semblait à Buck qu'il protégeait encore le sommeil de cet homme, accroupi près du feu, la tête sur les genoux, contre des bêtes féroces dont il voyait les yeux danser dans la nuit.

Ces visions disparaissaient à la voix brutale du métis, et Buck se levait et bâillait pour feindre d'avoir dormi.

Le convoi de la poste, travail éreintant[2] pour les chiens, les avait mis en piteux état lorsqu'ils arrivèrent à Dawson. Il leur aurait fallu là un repos d'une dizaine de jours ou d'une semaine au moins. Mais deux jours plus tard, la caravane chargée de lettres pour le dehors redescendait les pentes du Yukon.

Les chiens étaient fatigués, les conducteurs grognons, et, pour comble de malchance, il neigeait tous les jours, ce qui rendait la voie plus difficile, les patins plus glissants, et imposait aux chiens une fatigue plus grande, malgré les soins que leur prodiguaient[3] les hommes. Chaque soir, les bêtes étaient pansées[4] les premières, mangeaient avant les hommes, et aucun conducteur ne se couchait avant d'avoir examiné et soigné les pattes de son attelage ; mais toutes ces précautions n'empêchaient pas leurs

1. **En scrutant** : en regardant attentivement.
2. **Éreintant** : très fatigant.
3. **Prodiguaient** : donnaient.
4. **Pansées** : soignées.

forces de diminuer. Depuis le commencement de l'hiver, tirant de lourds traîneaux, ils avaient fait plus de dix-huit cents miles, et ce travail forcené aurait eu raison du plus vigoureux. Buck résistait malgré sa fatigue, et tâchait de maintenir la discipline parmi ses camarades épuisés ; Billee geignait et gémissait toute la nuit dans son sommeil ; Joe était plus grincheux que jamais, et Sol-leck devenait inabordable de l'un ou de l'autre côté. Dave souffrait plus que les autres, étant atteint d'une maladie intérieure qui le rendait morose et irritable. Lorsque le camp était établi, il se hâtait de creuser son nid dans la neige, et son conducteur devait lui apporter sa nourriture sur place. Une fois hors du harnais il ne bougeait que pour le reprendre le lendemain matin. La douleur lui arrachait des cris, si dans les traits il lui arrivait de recevoir un choc, par suite d'un arrêt brusque, ou de se donner un effort en démarrant. Son maître l'examinait sans pouvoir trouver la cause du mal ; bientôt tous les autres hommes s'intéressèrent à son état. Ils en parlaient aux repas, le discutaient en fumant les dernières pipes de la veillée, et enfin tinrent une consultation sur son cas. Dave fut apporté près du feu, et on se mit à le palper et tâter jusqu'à lui arracher des cris perçants. On ne trouvait rien de cassé, mais il existait sûrement un désordre interne impossible à découvrir. Quand on atteignit Cassiar-Bar, le malheureux chien était si faible qu'il tomba plusieurs fois dans les traits. Le métis fit arrêter le convoi et détacha le malade de l'attelage, pour mettre Sol-leck près du traîneau afin de laisser Dave se reposer en marchant dans la voie tracée par les véhicules. Mais celui-ci, malgré sa faiblesse, furieux d'être écarté de son poste, grondait pendant que l'on détachait ses traits et se mit à hurler douloureusement en voyant Sol-leck à la place qu'il avait occupée si longtemps avec honneur. La passion du trait et de la route le tenait, et malade à la mort, il ne voulait pas qu'un autre chien prît sa place.

Quand le traîneau démarra, Dave s'élança dans la neige qui bordait la piste, essayant de mordre Sol-leck, se jetant contre lui pour le faire rouler dans la neige et s'efforçant de se glisser près du traîneau, pleurant de chagrin et de souffrance tout à la fois. Le métis tenta de le chasser avec son fouet, mais le chien restait insensible à la mèche, et l'homme ne se sentait pas le cœur de frapper fort. Dave refusa de marcher derrière le traîneau, dans un chemin facile, et persistant à courir sur les côtés que la neige molle lui rendait plus pénibles, acheva de s'épuiser. Il tomba, et resta à la même place, hurlant lugubrement, tandis que la longue file des véhicules le dépassait.

Par un dernier effort il réussit cependant à se relever, et à les suivre en chancelant jusqu'à un arrêt qui lui permît de revenir à son traîneau, aux côtés de Sol-leck. Le conducteur, s'étant arrêté pour emprunter du feu à un de ses camarades et allumer sa pipe, voulut à son tour faire repartir ses chiens. Ceux-ci démarrèrent avec une remarquable facilité et tournèrent la tête, en s'arrêtant tout surpris. L'homme le fut aussi : le traîneau n'avait pas bougé. Il appela alors les autres pour leur faire constater que Dave avait rongé les deux traits de Sol-leck et se tenait devant le traîneau, à sa place habituelle ; ses yeux imploraient [1] la permission d'y rester.

L'Écossais était embarrassé ; on répétait autour de lui qu'un chien pouvait très bien succomber [2] au chagrin de se voir refuser le travail qui l'a épuisé ; chacun citait des exemples de chiens blessés ou trop vieux pour tirer et réduits au désespoir dans cette condition ; tous ajoutaient qu'il était charitable [3], Dave étant sûrement près de mourir, de lui donner la joie de finir ses jours sous le harnais.

Il fut donc attelé de nouveau et s'efforça, tout fier, de tirer comme avant, mais sa douleur intérieure lui arrachait des cris involontaires ; il tomba plusieurs fois et, retenu par les traits, reçut le traîneau sur le corps, ce qui le fit boiter. Mais il tint bon jusqu'au camp où son conducteur lui fit une place à côté du feu. Le lendemain matin, il était trop faible pour marcher. À l'heure de l'attelée il arriva par des efforts convulsifs [4] à se remettre sur pied, chancela et tomba de nouveau, son arrière-train étant paralysé ; il tenta de rejoindre en rampant ses camarades qu'on harnachait, et fit ainsi quelques mètres. Puis ses

1. **Imploraient** : suppliaient.
2. **Succomber** : mourir.
3. **Charitable** : qui agit par charité, par pitié.
4. **Convulsifs** : tremblants.

forces l'abandonnèrent tout à fait ; et quand ses compagnons le virent pour la dernière fois, il était étendu sur la neige, haletant et cherchant encore à les suivre puis on l'entendit hurler tristement quand les arbres de la berge les dérobèrent[1] à ses yeux.

On arrêta alors le convoi. Le métis écossais retourna lentement sur ses pas, jusqu'au campement récemment quitté. Les hommes cessèrent de parler. On entendit un coup de revolver. Le conducteur revint rapidement. Les fouets claquèrent, les clochettes tintèrent gaiement, les traîneaux battirent la neige : mais Buck et les autres chiens savaient ce qui s'était passé derrière les arbres de la rivière.

1. **Dérobèrent** : cachèrent.

Chapitre 4

Les fatigues du harnais et de la route

Trente jours après avoir quitté Dawson, le courrier de Salt-Water entrait à Skagway. Les chiens étaient en piteux état, traînant la patte et à peu près fourbus[1]. Buck avait perdu trente-cinq livres[2] de son poids, et ses compagnons avaient souffert plus encore. Pike le geignard, qui si souvent dans sa vie avait feint[3] d'être blessé à la jambe, l'était pour tout de bon cette fois, Sol-leck boitait, et Dub souffrait d'une omoplate foulée; ils avaient perdu toute énergie et tout ressort, et leurs pattes dessolées[4] s'enfonçaient lourdement dans la neige. Ce n'était pas chez eux cette lassitude[5] extrême que produit un effort court et violent, et qui disparaît après quelques heures de repos, mais la dépression complète due à un labeur excessif et trop prolongé.

1. **Fourbus**: extrêmement fatigués.
2. **Livres**: mesure de poids. Une livre vaut un demi-kilo.
3. **Avait feint**: avait fait semblant.
4. **Dessolées**: blessées.
5. **Lassitude**: fatigue.

En moins de cinq mois, l'attelage avait fait deux mille cinq cents miles et durant les huit cents derniers n'avait pris que cinq jours de repos. En arrivant à Skagway, les chiens pouvaient à peine tendre les traits du traîneau ou éviter d'être frappés par son avant dans les descentes.

« Hardi [1] ! mes pauvres vieux ! leur disait le conducteur pour les encourager. C'est la fin. On va se reposer pour de bon à présent… »

Et certes, les hommes eux-mêmes avaient bien gagné leur repos, car ils ne s'étaient arrêtés que deux jours pendant ce voyage de douze cents miles. Mais l'exode [2] vers le Klondike avait été si considérable que les lettres adressées aux mineurs formaient des montagnes et le gouvernement n'admettait aucun retard : il fallait arriver à temps, quitte à remplacer par des équipes fraîches de chiens de la baie d'Hudson les attelages éreintés.

Trois jours après leur arrivée à Skagway, Buck et ses compagnons n'étaient pas encore remis de leurs fatigues. Le matin du quatrième jour, deux citoyens des États-Unis répondant aux noms de Hal et de Charles vinrent examiner l'attelage et l'achetèrent pour une bagatelle [3], harnais compris.

Charles était un homme d'âge moyen, aux cheveux blonds, aux yeux faibles et larmoyants, à la bouche molle et sans

1. **Hardi** : courage.
2. **Exode** : départ en masse.
3. **Bagatelle** : une très petite somme d'argent.

caractère ornée d'une moustache audacieusement retroussée. Hal était un garçon de dix-neuf à vingt ans ; on le voyait toujours armé d'un revolver Colt et d'un couteau de chasse passés dans sa ceinture hérissée de cartouches.

La présence dans le Nord de ces deux hommes clairement dépaysés était un mystère incompréhensible. Buck, les ayant vus remettre de l'argent à l'agent du gouvernement, devina aussitôt que le métis écossais et ses compagnons allaient disparaître de sa vie, comme Perrault, François et tant d'autres. Amené avec ses camarades chez ses nouveaux propriétaires, il vit un camp mal tenu où s'agitait, devant une tente à peine fixée au sol, une jeune femme aux cheveux ébouriffés, sœur de Hal et épouse de Charles, qui répondait au nom de Mercédès.

Buck regarda avec appréhension[1] ses nouveaux maîtres charger le traîneau ; tous les trois se donnaient beaucoup de mal, mais procédaient sans aucune méthode. La tente fut roulée en un paquet maladroit et encombrant ; les assiettes d'étain[2] qui gisaient éparses[3] sur le sol furent emballées sans même être lavées. Mercédès gênait les mouvements des hommes, tout en leur prodiguant les remontrances[4] et les avis. Aucun colis n'était placé à sa satisfaction et il fallait constamment rouvrir les sacs pour y remettre des objets oubliés.

1. **Appréhension** : inquiétude.
2. **Étain** : métal blanc très léger.
3. **Qui gisaient éparses** : qui étaient dispersées.
4. **Remontrances** : reproches.

Trois hommes sortis d'une tente voisine les regardaient faire en ricanant.

« Vous avez déjà un fort chargement, dit l'un d'eux ; certes, je n'ai pas à vous donner de conseils, mais à votre place, je ne m'embarrasserais pas de cette tente.

– Que dites-vous ? s'écria Mercédès, froissée [1]. Me passer de tente ?… Et comment ferais-je la nuit ?

– Voici le printemps, les froids sont finis », répliqua l'homme.

Mais la jeune femme repoussa avec indignation l'idée de se coucher à la belle étoile.

Cependant Charles et Hal achevaient de disposer les derniers paquets au sommet d'une véritable montagne de colis.

« Vous croyez que cela tiendra ? fit l'un des spectateurs.

– Pourquoi pas ? demanda Charles d'un ton sec.

– Oh ! bien, bien, reprit promptement son interlocuteur, j'en doutais, voilà tout, car cela me paraît diablement lourd par le haut. »

Mais Charles lui tourna le dos et se mit en devoir d'attacher tant bien que mal les courroies du traîneau.

« Les chiens n'auront aucune peine à marcher une journée tout entière avec ce catafalque [2] derrière eux, affirma le second des assistants d'une voix sarcastique.

1. **Froissée** : vexée.
2. **Catafalque** : estrade décorative pour poser le cercueil.

– Bien sûr », répondit froidement Hal.

Et prenant la barre du traîneau d'une main et son fouet de l'autre :

« Allons !… Hardi !… En avant ! » cria-t-il.

Les chiens s'élancent, tirant de toutes leurs forces, pressant de la poitrine contre les bricoles [1] ; mais ils sont forcés de s'arrêter, impuissants à faire bouger seulement le traîneau.

« Ah ! brutes de paresseux ! C'est moi qui vais vous faire marcher ! » crie Hal furieux, faisant claquer son fouet.

Mais Mercédès s'interpose soudain et le lui arrache des mains.

« Je ne veux pas qu'on les batte ! s'écrie-t-elle avec une moue [2] enfantine. Les pauvres chéris !… les chers mignons !… Hal, il faut me promettre de ne pas les toucher du bout du fouet de tout le voyage, sans quoi je ne pars pas…

– Oui-da ; on voit que vous vous entendez à mener les chiens, fait son frère avec ironie. Laissez-moi tranquille, voulez-vous ? Je vous dis que ce sont des paresseux et qu'il faut les rouer de coups pour en obtenir quelque chose. C'est le seul moyen, tout le monde vous le dira. Demandez plutôt à ces hommes. »

Mais Mercédès, par son expression boudeuse, exprima la vive répugnance que lui inspiraient ces grossiers procédés.

1. **Bricoles** : parties du harnais sur lesquelles s'appuie le poitrail des chiens.
2. **Moue** : grimace.

« Voulez-vous que je vous dise ? reprit un des hommes. Vos bêtes sont faibles à ne pas tenir debout. Elles sont fourbues. C'est un bon repos qu'il leur faudrait.

– Au diable le repos ! » fit Hal avec humeur.

Et Mercédès se rangeant aussitôt à son avis :

« Laissez-les dire ; ne faites pas attention à eux. C'est à vous de mener vos bêtes comme vous l'entendez », s'écria-t-elle d'un air de dédain[1].

Le fouet de Hal s'abattit de nouveau sur les chiens ; ils pesèrent de toutes leurs forces sur les bricoles, s'arc-boutèrent dans la neige, et déployèrent toute l'énergie qui leur restait ; mais le traîneau semblait ancré dans le sol durci.

Après plusieurs tentatives inutiles, l'attelage s'arrêta brusquement, haletant ; le fouet claquait sans merci, et Mercédès jugea le moment venu d'intervenir de nouveau : s'agenouillant devant Buck les larmes aux yeux, elle lui jeta les bras autour du cou, procédé familier qu'il goûta fort peu.

« Oh ! mon pauvre chéri ! s'écria-t-elle avec un gracieux désespoir, pourquoi ne voulez-vous pas tirer ?... Méchantes bêtes !... Vous ne seriez pas battus, alors !... »

Un des spectateurs, qui jusque-là serrait les dents pour ne pas exprimer trop vertement[2] son opinion, prit alors la parole :

1. **Dédain** : mépris.
2. **Vertement** : rudement, énergiquement.

« Je me fiche pas mal de ce qui peut vous arriver, déclara-t-il, mais à cause des chiens, je tiens à vous dire que vous les aideriez rudement en ébranlant le traîneau. Les patins sont complètement gelés. Appuyez fortement sur le gouvernail à droite et à gauche et la glace cédera. »

Hal ayant daigné[1] suivre ce conseil, les chiens, sous une grêle de coups, firent un effort héroïque, les patins glissèrent sur le sol et le traîneau surchargé s'élança brusquement.

Mais au bout de cent mètres le chemin faisait un coude et s'amorçait à la rue principale par une descente abrupte. Pour maintenir en équilibre à ce passage une masse aussi lourde, il aurait fallu un conducteur plus expérimenté que Hal. Le traîneau versa, comme on pouvait s'y attendre ; mais les chiens irrités par les coups ne s'arrêtèrent pas. Buck prit le galop, suivi de tous ses camarades, et le traîneau allégé les suivit en rebondissant, couché sur le côté.

En vain Hal furieux s'égosillait-il à crier[2] : aucun des chiens ne l'écoutait ; son pied se prit dans un des traits et il s'abattit à terre. Tout l'attelage lui passa sur le corps. Et les chiens continuèrent leur course, ajoutant à la gaieté de Skagway en semant, dans la grande rue, le reste de leur chargement.

De charitables citoyens arrêtèrent enfin l'attelage emballé et ramassèrent les objets épars, tout en prodiguant des conseils

1. **Daigné** : consenti.
2. **S'égosillait-il à crier** : se fatiguait-il la voix à force de crier.

aux voyageurs. Il fallait réduire le nombre de leurs paquets et augmenter celui de leurs chiens.

Hal, sa sœur et son beau-frère, les écoutant de mauvaise grâce[1], se décidèrent enfin à remettre leur départ et à passer en revue leur équipement, pour la plus grande joie des spectateurs.

« Vous avez là assez de couvertures pour monter un hôtel, leur disait-on. Laissez-en les trois quarts et vous en aurez encore trop… Et tous ces plats qui ne seront certainement jamais lavés !… Grand Dieu, vous figurez-vous voyager dans un train de luxe ? »

Mercédès fondit en larmes quand il fallut procéder au choix des vêtements à garder.

Elle protesta qu'elle ne ferait plus un pas si on la privait de ses robes. Mais irritée par les railleries[2] des spectateurs elle finit, dans son dépit, par rejeter même les vêtements indispensables, non seulement pour elle, mais pour les hommes.

Quand on eut fini le triage, malgré la multitude des objets écartés, les bagages formaient encore une masse imposante.

Charles et Hal se décidèrent à acquérir six chiens de renfort, ce qui, ajouté à l'attelage primitif augmenté des deux indigènes, Teek et Koona achetés aux Rapides, forma un ensemble de quatorze bêtes. Mais les chiens surnuméraires[3],

1. **De mauvaise grâce** : avec mauvaise volonté.
2. **Railleries** : moqueries.
3. **Surnuméraires** : en plus.

quoique dressés depuis leur arrivée dans le pays, n'étaient pas bons à grand-chose. Il y avait trois pointers à poil court, un terre-neuve et deux métis de race non définie ; et aucun d'eux ne semblait rien savoir.

Buck, qui les considérait avec mépris, ne put réussir à leur apprendre leur métier ; ils paraissaient ahuris [1] et déprimés par les mauvais traitements. Les métis n'avaient aucune volonté ; leurs os semblaient être les seules parties résistantes de leurs individus.

Il n'y avait rien de bon à attendre de ces nouveaux venus dans le marasme [2], adjoints à un attelage éreinté par deux mille cinq cents miles de route ininterrompue. Les deux hommes se montraient pourtant fort gais et s'enorgueillissaient de leurs quatorze chiens, car on voyait bien des traîneaux partir pour Dawson ou en revenir, mais aucun n'avait une équipe aussi considérable.

S'ils s'étaient doutés de ce qu'est un voyage arctique, ils auraient compris qu'un seul traîneau ne pouvant suffire à porter la nourriture nécessaire à un pareil nombre d'animaux, il fallait savoir se réduire. Mais comme ils s'étaient livrés à de savants calculs pour équilibrer le poids des rations sur la durée probable du voyage, ils se croyaient certains de réussir.

1. **Ahuris** : idiots.
2. **Marasme** : découragement, déprime.

La matinée du lendemain était déjà fort avancée lorsque, enfin, le long attelage se mit en marche.

Les bêtes ne montraient aucun entrain[1]. Buck, comprenant qu'il allait recommencer pour la cinquième fois la route de Dawson, sentait le cœur lui manquer ; les nouvelles bêtes étaient timides et épeurées[2], les anciennes n'éprouvaient aucune confiance envers leurs maîtres. En effet, ceux-ci ignoraient tout de leur métier ; à mesure que les jours s'écoulaient, on put s'assurer qu'ils n'en apprendraient rien. Négligents et désordonnés, sans discipline, il leur fallait la moitié de la nuit pour établir leur camp tout de travers ; la plus grande partie de la matinée se passait ensuite à lever ce camp et à charger leur traîneau, avec si peu d'habileté qu'on devait s'arrêter sans cesse, en cours de route, pour rajuster les ballots et les cordes. Certains jours, l'on faisait à peine dix miles. D'autres fois même, on n'arrivait pas à se mettre en route. Et comme, en aucun cas, ils ne réussirent à accomplir seulement la moitié de la distance sur laquelle ils s'étaient basés pour faire des provisions, les vivres devaient fatalement[3] se trouver épuisés avant la fin du voyage.

Ce résultat fut d'ailleurs avancé par la faute de Hal ; voyant que les chiens manquaient de force, il jugea que cela tenait à la ration trop faible, et la doubla. (Pour comble d'imprévoyance,

1. **Entrain** : enthousiasme.
2. **Épeurées** : effrayées.
3. **Fatalement** : forcément.

Mercédès volait tous les jours du poisson dans les sacs pour le donner en cachette à ses favoris.) Les chiens nouveaux, dont l'estomac ne demandait pas une alimentation abondante, habitués qu'ils étaient à un jeûne chronique[1], firent preuve cependant d'une grande voracité; les autres jouissaient d'un bel appétit; de sorte qu'au bout de peu de jours, la famine[2] menaça.

Hal s'aperçut au quart de la route que plus de la moitié des provisions avait disparu; et dans l'impossibilité absolue de s'en procurer de nouvelles, il diminua brusquement la ration journalière, tout en proclamant la nécessité d'allonger les heures de marche.

Ses compagnons l'approuvaient en principe. Mais comme ils refusaient de rien faire pour l'aider, le projet tomba à l'eau. Rien de plus facile assurément que de priver les chiens de nourriture. Mais comment avancer plus vite, alors que pas une seule fois les voyageurs ne surent se décider à partir une minute plus tôt que d'habitude?

Les souffrances des bêtes devinrent cruelles. Dub fut le premier à disparaître: pauvre larron[3] maladroit, toujours pincé et toujours puni, il s'était néanmoins montré serviteur fidèle. Sa blessure à l'omoplate, négligée, s'enflamma, et Hal dut se décider à l'achever avec son revolver. Le terre-neuve mourut

1. **À un jeûne chronique**: à ne pas manger régulièrement.
2. **Famine**: manque de nourriture.
3. **Larron**: voleur.

ensuite, puis les trois pointers ; les deux métis, résistèrent un peu plus longtemps, mais ils finirent par succomber à leur tour.

Et les voyageurs, aigris[1] par l'infortune, perdaient peu à peu toute ombre d'aménité[2] ou de douceur. Le voyage arctique, dépouillé de son charme imaginaire, devenait pour eux une réalité trop dure. Ils manquaient totalement de cette merveilleuse patience propre aux hommes de ces climats, qui, tout en peinant dur, et en souffrant cruellement, savent rester compatissants[3] et doux. Mercédès cessa de plaindre les chiens pour pleurer sur elle-même, et se disputer avec son frère et son mari qui se chamaillaient toutes les fois qu'elle leur en laissait l'occasion. Chacun croyait bonnement se donner cent fois plus de peine que les autres, et ne perdait aucune occasion de se glorifier tout haut.

Mercédès, elle, avait un grief[4] personnel : jolie, séduisante et délicate elle s'était vu toute sa vie traiter avec douceur et indulgence. Mais aujourd'hui son mari et son frère, exaspérés de sa paresse et de son incurie[5], se montraient rudes et grossiers envers elle. De sorte qu'absorbée par la pitié pour son propre sort, elle perdit toute compassion pour les chiens ; et comme elle se sentait lasse et courbaturée, elle s'entêtait

1. **Aigris** : irrités.
2. **Aménité** : gentillesse.
3. **Compatissants** : sensibles.
4. **Grief** : reproche.
5. **Incurie** : manque d'application.

à se faire traîner sur le traîneau, ajoutant ainsi cent vingt livres au poids formidable du chargement.

Lorsque les malheureuses bêtes tombaient de fatigue dans les traits, Charles et Hal la conjuraient de marcher ; mais elle ne répondait que par des larmes à leurs raisonnements, prenant le ciel à témoin de leur cruauté.

Un jour, l'enlevant de force du traîneau, ils la déposèrent à terre ; elle s'assit sur la neige et refusa de bouger. Ils firent mine de continuer leur route, mais force leur fut, trois miles plus loin, de décharger le traîneau pour revenir la prendre et l'y placer. Jamais ils ne renouvelèrent cette expérience.

D'ailleurs, l'excès de leur propre misère rendait ces malheureux insensibles aux souffrances de leurs bêtes.

Aux Five-Fingers, la provende [1] des chiens étant définitivement épuisée, on obtint d'une vieille Indienne quelques livres de cuir de cheval congelé, en échange du revolver qui se balançait à la ceinture de Hal, tenant fidèle compagnie au grand couteau de chasse. Mais ce fut une nourriture pauvre et indigeste que ce cuir, levé depuis six mois sur la carcasse d'un animal mort de faim.

Buck, à la tête de l'attelage, croyait marcher en un affreux cauchemar. Il tirait tant qu'il le pouvait, et lorsque ses forces étaient épuisées, il se laissait tomber sur le sol et ne se relevait que sous une grêle de coups de fouet ou de bâton. Sa belle

1. **Provende** : provision de nourriture.

fourrure avait perdu tout son lustre[1] et sa souplesse ; le poil traînait dans la boue, emmêlé et durci par le sang coagulé, et sa peau flottait en plis vides et lamentables. Ses camarades étaient dans le même état, squelettes ambulants, réduits au nombre de sept, insensibles à la morsure du fouet ou aux contusions du bâton. Aux arrêts, ils se laissaient tomber dans les traits, comme morts, et la petite étincelle de vie qui tremblait encore en eux pâlissait et semblait près de s'éteindre. Elle se ravivait sous le bâton et le fouet : les malheureux se relevaient alors en chancelant pour se traîner un peu plus loin.

Billee, le bon caractère, tomba un jour pour ne plus se relever ; Hal ayant cédé son revolver dut prendre sa hache pour l'achever d'un coup sur la tête, puis il défit les traits et jeta la carcasse de côté.

Et Buck et ses camarades, voyant cette chose, comprirent combien elle les touchait de près.

Le jour suivant, ce fut Roona, dont la mort réduisit encore le triste attelage. Les cinq survivants étaient : Joe, trop épuisé pour se montrer grincheux ; Pike, estropié et boiteux, sans force même pour geindre ; Sol-leck, le borgne, fidèle au travail du trait, le cœur brisé de se sentir faible et impuissant ; Teek, d'autant plus épuisé qu'il s'était moins entraîné pendant l'hiver précédent ; et enfin Buck, qui n'était plus que l'ombre de lui-même. Il gardait sa place en tête de l'attelage, mais

1. **Lustre** : éclat, brillance.

il avait renoncé à y maintenir la discipline ; aveuglé par la fatigue, il ne se dirigeait plus qu'en se fiant à la sensation du sol sous ses pattes.

Le printemps commençait, mais ni les hommes ni les chiens ne s'en apercevaient. L'aube pointait dès trois heures du matin, et le crépuscule durait jusqu'à neuf heures du soir. La journée entière n'était qu'un rayon de soleil. Le sommeil de l'hiver avait cédé sa place au murmure printanier de la nature, frémissant de la joie de vivre. La sève montait dans les pins, tandis qu'éclataient les bourgeons du saule et du tremble [1], et que buissons et lianes se paraient [2] d'une jeune verdure. La nuit, les grillons chantaient, et le jour, toutes sortes de gentilles bestioles sortaient de leurs petits antres [3] pour s'ébattre au soleil. Les perdrix couraient dans la plaine ; les oiseaux et les piverts chantaient et tapaient dans la forêt et tout en haut le gibier d'eau arrivait du Sud, décrivant d'immenses cercles dans l'espace. La chanson de l'eau courante et la musique des fontaines reparues descendaient des collines. Le Yukon rongeait sa prison de glace dont le soleil amincissait la surface semée de poches d'air et sillonnée de fissures qui allaient s'élargissant jusqu'au lit même de la rivière. Et devant la grâce du renouveau sous les rayons du soleil, parmi les brises embaumées [4],

1. **Du saule et du tremble** : variétés d'arbres.
2. **Se paraient** : étaient décorés.
3. **Antres** : abris.
4. **Embaumées** : remplies d'une odeur agréable.

la troupe lamentable se traînait en gémissant, pareille à une caravane de mort…

Les bêtes fourbues, Mercédès dolente[1] sur son traîneau, Hal jurant copieusement, Charles larmoyant atteignirent enfin le camp d'un certain John Thornton, situé à l'embouchure de White-River. À l'arrêt, les chiens se laissèrent tomber, comme morts, Mercédès sécha ses yeux pour les fixer sur Thornton, et Charles avisa un tronc d'arbre sur lequel il s'assit avec précaution, car chacun de ses os était douloureux, tandis que Hal portait la parole.

John Thornton achevait de peler une branche de bouleau pour en faire un manche de hache ; il continua son travail, ne répondant à son interlocuteur que par quelques monosyllabes, car il connaissait par expérience cette race de voyageurs, et savait que ses conseils ne serviraient pas à grand-chose. Cependant, pour l'acquit de sa conscience[2], il engagea Hal à se méfier de la glace pourrie et rongée en dessous. Sur quoi celui-ci de déclarer qu'on l'avait déjà prévenu que la débâcle[3] était proche et qu'il valait mieux attendre.

« Mais, ajouta-t-il, d'un air triomphant, on nous disait aussi que nous n'arriverions pas à White-River et nous y voici tout de même !

1. **Dolente** : molle, sans énergie.
2. **Pour l'acquit de sa conscience** : pour ne pas avoir de regrets.
3. **Débâcle** : rupture des glaces.

– On ne vous a pourtant pas avertis sans raison, reprit John Thornton. La glace est à la veille de disparaître, et il faudrait avoir une chance de pendu pour effectuer le passage. Pour moi, je ne risquerais pas ma peau sur cette glace, quand on me promettrait tout l'or de l'Alaska !…

– C'est probablement que vous n'êtes pas destiné à périr par la corde, fit Hal. Mais nous, nous voulons arriver à Dawson, et nous y arriverons, quand le diable y serait !…

Et déroulant son fouet :

– Allons, Buck !… Debout !… En route ! cria-t-il. Vas-tu obéir, grand paresseux ?… »

Thornton continua son travail sans répliquer.

Les chiens n'avaient pas obéi au commandement ; depuis longtemps les coups seuls parvenaient à les faire lever. Le fouet commença à cingler, de-ci de-là, se tordant comme une vipère, tandis que Thornton serrait les lèvres. Sol-leck, le premier, se remit péniblement debout ; Teek le suivit ; Joe vint ensuite, tout en hurlant de douleur. Pike fit de pénibles efforts pour se relever ; après être retombé deux fois, il réussit, la troisième, à se tenir sur ses pattes. Seul Buck demeurait immobile, étendu à la place où il s'était affalé, insensible en apparence au fouet cruel qui le cinglait sans merci. À plusieurs reprises, Thornton, les yeux humides, essaya de parler, puis il se leva, nerveux, et fit quelques pas de long en large.

Pour la première fois Buck manquait à son devoir, – raison suffisante pour exaspérer Hal. Il échangea son fouet contre un fort gourdin ; mais Buck refusa de bouger, malgré la grêle de coups qui s'abattait sur lui. Outre qu'il était à peu près incapable de se lever, son instinct pressentait confusément une catastrophe prochaine. Le mauvais état de la glace craquante et amincie qu'il avait foulée tout le jour lui faisait redouter cette rivière où son maître voulait le pousser. D'ailleurs sa faiblesse était telle qu'il sentait à peine les coups ; et cette correction sauvage allait achever d'éteindre la petite étincelle de vie subsistant encore en son misérable corps. Tout à coup, John Thornton, d'un bond, s'élança sur l'homme, lui arracha le bâton, et le fit violemment reculer en arrière ; Mercédès poussa un cri, et Charles, sans bouger (il était à demi ankylosé[1]), essuya ses yeux larmoyants. Debout près de Buck étendu, son défenseur, furieux, essayait vainement de parler.

« Si vous touchez encore à ce chien, je vous tue ! parvint-il à dire enfin, d'une voix étranglée.

– Il est à moi, répliqua Hal, essuyant le sang qui coulait de son nez et de sa bouche. Il faut qu'il nous mène à Dawson ou qu'il dise pourquoi !… Arrière, ou je vous fais votre affaire !… »

Voyant que Thornton ne faisait pas mine de reculer, Hal saisit son couteau de chasse. À cette vue, Mercédès poussa des cris perçants et se prépara, en tombant dans les bras de son

1. **Ankylosé** : engourdi.

frère, à donner le spectacle d'une attaque de nerfs en règle. Mais Thornton, d'un coup sec, fit sauter l'arme, et la ramassant, se mit délibérément à couper les traits de Buck avec la lame bien affilée.

Hal, embarrassé[1] de sa sœur et n'ayant plus de force pour résister, jugeant d'ailleurs que Buck était trop près de sa fin pour lui être de quelque utilité, renonça à faire valoir ses droits sur le chien et, le laissant étendu à la même place, s'éloigna avec ses compagnons. Quelques minutes plus tard, ils quittaient la berge pour s'engager sur la rivière, Pike en tête, Sol-leck aux brancards, Joe et Teek entre eux ; Mercédès était sur le traîneau, Hal à la barre, et Charles suivait péniblement derrière.

Tandis que Buck, qui avait relevé la tête en entendant partir ses camarades, les suivait du regard, Thornton s'agenouillait près de lui, et de sa main rude, plus douce en ce moment que celle d'une mère, il chercha si la bête avait quelque os cassé. Il ne put découvrir que des contusions nombreuses, plus un pitoyable état de maigreur et de faiblesse.

Pendant ce temps, le traîneau avançait lentement sur la glace ; il avait fait un quart de mile lorsque l'homme et le chien qui le suivaient des yeux virent tout à coup l'arrière s'enfoncer comme dans une ornière profonde, et la barre, que Hal tenait toujours, se projeter dans les airs.

1. **Embarrassé** : encombré.

Le cri de Mercédès parvint jusqu'à eux, Charles bondit pour revenir en arrière ; mais une énorme section de glace s'enfonça ; bêtes et gens disparurent avec l'attelage dans un trou béant et profond : la glace s'était rompue sous leur poids.

John Thornton et Buck se regardèrent :

« Pauvre diable ! » dit Thornton.

Et Buck lui lécha la main.

Chapitre 5

Amitié

Au mois de décembre précédent, John Thornton, ayant eu les pieds gelés, s'était vu forcé de demeurer au camp, attendant sa guérison, tandis que ses camarades remontaient le fleuve afin de construire un radeau[1] chargé de bois à destination de Dawson. Il boitait encore un peu, mais le temps chaud fit disparaître cette légère infirmité; tandis que Buck, mollement étendu au soleil, retrouvait par degrés sa force perdue en écoutant l'eau couler, les oiseaux jaser et tous les bruits harmonieux du printemps, accompagnés du murmure profond de la nature.

Un peu de repos est chose légitime après un voyage de trois mille lieues, et il faut confesser que notre chien s'adonna pleinement aux douceurs de la paresse pendant ce temps de convalescence[2]. D'ailleurs, autour de lui, chacun en faisait autant. John Thornton flânait, Skeet et Nig flânaient – en attendant que sonnât l'heure de donner un coup de collier.

1. **Radeau**: petit bateau plat.
2. **Convalescence**: période de guérison.

Skeet était une petite chienne setter irlandaise qui, dès le début, avait marqué beaucoup d'amitié à Buck, trop malade alors pour se formaliser de la familiarité de ses avances. Elle avait ce goût de soigner propre à certains chiens et, tout de suite, comme une mère chatte lèche ses petits, elle se mit à lécher et à panser assidûment[1] les plaies du pauvre Buck. Tous les matins, aussitôt qu'il avait déjeuné, elle se mettait à sa tâche d'infirmière, et tel fut le succès de ses soins, que Buck en vint rapidement à les priser autant que ceux de Thornton lui-même.

Nig, également amical, quoique plus réservé, était un grand chien noir, moitié limier, moitié braque, avec des yeux rieurs et la plus heureuse humeur qui se pût voir.

Ces animaux, qui semblaient participer en quelque sorte de la bonté d'âme de leur maître, ne montrèrent aucune jalousie du nouveau venu – ce qui surprit Buck considérablement. Aussitôt qu'il fut en état de se mouvoir, ils le caressèrent, l'entraînèrent dans toutes sortes de jeux, lui firent enfin mine si hospitalière, qu'il eût fallu être bien ingrat pour ne pas se sentir touché d'un si généreux accueil ; et Buck, qui n'était point une nature basse[2], leur rendit large mesure d'amitié et de bons procédés.

1. **Assidûment** : de manière appliquée.
2. **Basse** : méprisable.

Cette heureuse période de paix fut pour lui comme une renaissance, l'entrée dans une autre vie. Mais la bonne camaraderie, les jeux, la fraîche brise printanière, le sentiment délicieux de la convalescence, tout cela n'était rien auprès du sentiment nouveau qui le dominait. Pour la première fois, un amour vrai, profond, passionné s'épanouissait en lui.

Là-bas, dans le « home [1] » luxueux de Santa-Clara, Buck avait certes donné et reçu des témoignages d'affection. Qu'il accompagnât solennellement [2] le juge Miller en ses promenades, qu'il s'exerçât avec ses fils à la course ou à la chasse, ou qu'il veillât jalousement sur les tout petits, il s'était fait partout, entre eux et lui, un échange d'estime solide et d'excellents procédés.

Mais qu'il y avait loin de ces sentiments paisibles à la passion qui l'animait aujourd'hui ! L'amour flambait en lui, ardent et fiévreux, l'amour profond, puissant, exclusif, cet admirable attachement du chien pour l'homme, qui a été tant de fois célébré et que jamais on n'admirera assez.

Non seulement John Thornton lui avait sauvé la vie – c'était peu de chose en regard du bienfait quotidien qu'il recevait de lui – mais cet homme comprenait l'âme canine, il traitait ses chiens comme s'ils eussent été ses propres enfants, leur donnait une portion de son cœur. Jamais il n'oubliait de les saluer

1. **Home** : terme anglais qui signifie « maison ».
2. **Solennellement** : avec majesté.

du bonjour amical ou du mot affectueux qu'ils prisent si fort. Il jouait, s'entretenait avec eux comme avec des égaux ; et Buck, tout spécialement, sentait le prix d'une pareille faveur. Thornton avait une manière de lui prendre les joues à deux mains et de lui secouer la tête rudement, en faisant pleuvoir sur lui (par manière de flatterie) une avalanche d'épithètes injurieuses[1], qui plongeait le bon chien dans un délire de joie et d'orgueil. Au son de ces jurons affectueux, au milieu de ce rude embrassement, Buck nageait en plein bonheur. Et lorsque revenu de son extase[2], il bondissait autour du maître adoré, l'œil éloquent[3], les lèvres rieuses, la gorge vibrante de sons inarticulés, mais si expressifs, John Thornton, pénétré d'admiration, murmurait la phrase cent fois redite :

« Il ne lui manque que la parole ! »

Parfois – l'amour l'emportant au-delà des bornes – Buck happait la main de son maître, la serrait passionnément entre ses dents. De cet étau formidable, la main sortait bien un peu meurtrie ; mais de même que Buck interprétait les jurons de Thornton comme paroles flatteuses, Thornton savait bien que cette morsure était une caresse, et ne s'en fâchait pas.

D'ailleurs, ces manifestations plutôt gênantes étaient rares ; quoique le molosse se sentît devenir presque fou de bonheur

1. **Épithètes injurieuses** : grossièretés.
2. **Extase** : joie.
3. **Éloquent** : expressif.

quand son maître lui parlait ou le touchait, une dignité innée[1] lui interdisait de rechercher trop fréquemment ces faveurs.

À l'encontre de Skeet, qui sans cérémonie fourrait son petit nez sous la main du maître, et la poussait jusqu'à ce qu'elle eût obtenu de vive force une caresse, ou de Nig, qui se permettait de poser sa grosse tête sur ses genoux, Buck savait adorer à distance.

S'il voyait Thornton occupé, son bonheur était de se tenir à ses pieds, le regard levé vers lui, immobile, attentif, scrutant son visage, suivant avec une intense fixité le moindre changement d'expression, la plus petite variation de la physionomie[2] aimée. Et souvent, tel était le pouvoir magnétique de ce regard fidèle qu'il attirait l'autre regard, le forçait à se détourner du travail commencé. Et les yeux de l'homme communiaient fraternellement avec[3] ceux du noble animal.

Pendant un temps assez long, Buck ne put se résoudre à perdre de vue son dieu un seul instant. Les changements de maîtres qu'il avait subis au cours de la dernière année avaient engendré chez lui la crainte assez justifiée de voir se renouveler ces douloureuses séparations, et il vivait dans la terreur que Thornton disparût de sa vie comme en avaient disparu Perrault et François. Hanté de cette appréhension, il le suivait constamment de l'œil, tendait l'oreille avec anxiété s'il venait

1. **Innée** : naturelle.
2. **Physionomie** : visage.
3. **Communiaient fraternellement avec** : regardaient amicalement.

à s'écarter, et parfois, la nuit, se glissait jusqu'au bord de la tente pour écouter sa respiration. Ses craintes ne s'apaisèrent que graduellement.

Mais en dépit de[1] cette noble passion, qui semblait attester chez Buck un retour aux influences civilisatrices, le fauve réveillé au contact de son entourage barbare grandissait au fond de lui, la bête féroce devenait prépondérante[2].

En voyant au foyer de Thornton un chien majestueux, à la vaste poitrine, à la tête superbe, à la fourrure splendide, à l'œil calme et puissant, dernière et admirable expression d'une immense lignée d'ascendants lentement affinés, qui se serait douté que sous cette enveloppe élégante revivait le chien-loup de jadis ? Et pourtant il en était ainsi. Une à une, les empreintes superficielles de la civilisation s'effaçaient de son être, et l'animal primitif s'affirmait énergiquement. La ruse, le vol, la violence étaient devenus ses armes habituelles. La personne de Thornton lui était sacrée, cela va sans dire, et Skeet et Nig étant la chose du maître bénéficiaient de cette exception. Mais eux mis à part, tout être vivant qui le rencontrait devait se résigner à livrer combat, et satisfaire ainsi à la loi inexorable de la lutte pour la vie. Une fois affranchi[3] de la terreur de perdre son maître, il se mit à errer au hasard

1. **En dépit de** : malgré.
2. **Prépondérante** : plus importante.
3. **Affranchi** : libéré.

en de longues courses; et dès lors, son existence devint une bataille ininterrompue.

Tous les jours, il revenait chargé de blessures; aucun ennemi ne lui paraissait trop redoutable; ni la taille ni le nombre ne l'arrêtaient. Et il se montrait sans merci comme sans peur; il fallait tuer ou être tué, manger ou être mangé: c'était la loi primitive, et à cet ordre sorti des entrailles [1] du temps, Buck obéissait.

D'autres voix lui parlaient encore. Des profondeurs de la forêt, il entendait résonner tous les jours plus distinctement un appel mystérieux, insistant, formel; si pressant que parfois, incapable d'y résister, il avait pris sa course, gagné la lisière [2] du bois. Mais là où finissaient les vestiges [3] de vie, près de fouler la terre vierge [4], un sentiment plus puissant encore que cet appel, l'amour pour son maître, arrêtait sa course impétueuse [5], le forçait à retourner sur ses pas, à venir reprendre sa place parmi les humains.

Hans et Peter, les deux associés de Thornton, étaient enfin revenus avec leur radeau et vivaient aujourd'hui en bons termes avec Buck. Mais l'entrée en matière n'avait pas été chose facile. Le chien s'était d'abord jalousement refusé à leur

1. **Entrailles**: profondeurs.
2. **Lisière**: bord.
3. **Vestiges**: restes.
4. **Vierge**: intacte.
5. **Impétueuse**: puissante et rapide.

laisser prendre place au foyer ; et lorsque les patientes explications du maître lui eurent fait comprendre qu'ils étaient de la famille, il les toléra, daigna accepter leurs avances, mais sans leur accorder jamais la moindre parcelle[1] de l'affection profonde qu'il avait vouée à Thornton. Seul, Thornton obtenait de lui obéissance, et il n'était pas de limite à ce qu'il pouvait exiger de lui.

Un jour de halte, ayant abandonné le camp (on remontait aux sources de la Tanana), les trois chercheurs d'or étaient arrêtés sur la crête d'une falaise abrupte qui surplombe le fleuve d'une hauteur de trois cents pieds ; Buck reposait comme d'habitude aux côtés de son maître, guettant son regard, attendant un ordre, un signe, image éloquente de la fidélité canine. Les yeux de l'homme tombèrent sur lui tendrement, puis soudain une idée bizarre, comme un besoin de vantardise, un désir d'étonner ses camarades, de leur montrer toute l'étendue de son pouvoir, s'empara de l'âme habituellement placide et réservée de Thornton.

« Vous allez voir !... Saute, Buck ! » fit-il étendant le bras sur le gouffre béant.

À peine avait-il parlé que sans une hésitation, sans un retard, le chien prit son élan vers l'abîme, tandis que l'homme, mesurant en un clin d'œil sa folie, se jetait à son secours au risque de périr mille fois, et que les deux camarades,

1. **Parcelle** : petite partie.

se précipitant à leur tour, avaient fort à faire pour les arracher tous deux à la mort.

« Il ne faudrait pas recommencer cette plaisanterie tous les jours, remarqua Hans le silencieux lorsque tous eurent repris haleine.

– Non, dit laconiquement[1] Thornton, partagé entre la honte d'avoir cédé à un mouvement de si cruelle vanité et l'orgueil bien légitime que lui inspirait l'attitude de son chien.

– Je ne voudrais pas être dans les souliers de l'homme qui vous attaquerait, lui présent, ajouta Peter, après un temps ; on ne risque rien de parier que celui-là passerait un mauvais quart d'heure. »

Les pronostics[2] de Peter ne tardèrent pas à se réaliser.

Avant la fin de l'année, les trois compagnons, étant arrêtés à Circle-City, se trouvaient dans un bar avec nombre d'autres chercheurs d'or. Buck, accroupi dans un coin, la tête sur ses pattes, surveillait comme toujours chaque mouvement de son maître.

Soudain, une querelle éclate. C'est un certain Burton le Noir, bravache et mauvais diable, qui cherche noise[3] sans raison à un consommateur inoffensif. Thornton, homme juste et sensé, essaye de calmer le braillard ; mais celui-ci, irrité par

1. **Laconiquement** : de manière brève.
2. **Pronostics** : prévisions.
3. **Cherche noise** : cherche la bagarre.

cette intervention, tourne sur lui sa colère, et traîtreusement, sans crier gare, lui décoche un coup-de-poing qui l'oblige à se cramponner à la barre du buffet pour ne pas tomber.

Du fond de la salle, un véritable hurlement de loup se fait entendre ; et à travers l'atmosphère enfumée on distingue comme un énorme projectile qui passe par-dessus toutes les têtes. C'est Buck qui, d'un bond prodigieux, a franchi l'espace, est tombé sur l'agresseur, le crin hérissé, l'œil sanglant, la gueule ouverte, prêt à dévorer. Le brutal n'eut que le temps d'enfoncer le poing dans cette gueule pour sauver sa face. Mais Buck, lâchant aussitôt le bras, se jette sur l'homme de tout son poids, le renverse et, avant que la foule précipitée ait pu l'en empêcher, lui ouvre la gorge d'un maître coup de dent.

On réussit enfin à l'écarter, à lui arracher sa proie – la voix seule de Thornton peut d'ailleurs obtenir ce miracle ; mais tandis qu'un médecin examine le blessé, un remous de colère fait onduler toute sa peau, et le grondement continu qui résonne dans sa vaste poitrine dit assez qu'il brûle d'achever sa victime.

Un « conseil » de mineurs réuni sur-le-champ jugea gravement l'affaire. On reconnut unanimement [1] que l'attaque était plus que motivée ; Buck fut acquitté [2] et son nom devint fameux

1. **Unanimement** : à la majorité.
2. **Acquitté** : déclaré non coupable.

dans tous les camps de l'Alaska. Il ne se passait guère de jour où il ne fit preuve de force, de courage ou de dévouement.

Vers la fin de l'année, les compagnons, ayant depuis longtemps quitté Circle-City, se trouvèrent dans une passe difficile. Il s'agissait de faire franchir à leur bateau une série de rapides[1] extrêmement violents. Hans et Peter, placés sur la berge, tiraient le canot au moyen d'une corde qu'ils enroulaient d'arbre en arbre pour ne pas être emportés par la force du courant, tandis que Thornton, resté dans l'embarcation, la dirigeait à l'aide d'une perche au milieu des récifs. Buck, anxieux et attentif, se tenait sur le bord, ne quittant pas son maître de l'œil, avançant pas à pas en même temps que lui.

Tout marcha bien pour un temps ; puis il fallut relâcher la corde afin de permettre au canot de franchir une ligne de rochers pointus qui se hérissaient à la surface de l'eau ; la manœuvre réussit ; mais quand vint la minute de resserrer la corde, le mouvement fut mal calculé ; l'embarcation se retourna brusquement la quille[2] en l'air et Thornton se trouva violemment projeté au-dehors, entraîné avec une violence inouïe vers la partie la plus dangereuse des rapides.

Sa chute ne fit qu'une avec celle de Buck. Plongeant hardiment au milieu des eaux tumultueuses, effrayantes comme une chaudière en ébullition, il nage droit à son maître qu'il

1. **Rapides** : parties d'une rivière où le courant s'accélère et les rochers sont nombreux.
2. **Quille** : partie se trouvant sous une embarcation.

voit lutter là-bas, parvient à le rejoindre à trois cents mètres environ de la place où il est tombé.

Sentant que Thornton l'avait saisi par la queue, le brave chien vire de bord[1] immédiatement et se dirige vers la berge, mais, hélas! en dépit d'efforts géants, désespérés, il demeure vaincu; la force aveugle du courant est plus puissante que son courage et que son dévouement[2].

Un peu plus bas, l'eau se déchirait en écume[3] sur les pierres aiguës comme les dents d'une énorme scie, et sa fureur était effroyable avant ce dernier élan. Presque épuisé par la lutte démesurée, Thornton réussit à saisir des deux mains une de ces roches pointues, à s'y cramponner; puis, d'une voix défaillante[4], il ordonna à Buck d'aller retrouver Hans et Peter. L'intelligent animal comprit; levant un peu sa belle tête hors de l'eau comme pour puiser des forces dans le regard de son maître, il se mit à nager vigoureusement et, délesté cette fois d'un poids écrasant, il parvint enfin à la berge. Les deux hommes, eux aussi, avaient compris la pensée de Thornton, et, sans perdre une minute, ils passèrent une corde autour du cou et des épaules de Buck, ayant soin toutefois de lui laisser la liberté de ses mouvements, puis ils le lancèrent à l'eau.

1. **Vire de bord**: fait un tour.
2. **Dévouement**: affection.
3. **Écume**: mousse blanche à la surface de l'eau.
4. **Défaillante**: faible, tremblante.

Intrépide, le chien affronte une seconde fois le courant; il nage avec vigueur, dévore la distance, mais voilà que, dans sa hâte fiévreuse, il manque le but, passe un peu trop loin du maître, le dépasse malgré lui, et, essayant péniblement de revenir en arrière, se trouve entraîné, ballotté [1], englouti par les eaux furieuses, disparaît de la surface. Aussitôt Hans et Peter tirent sur la corde, le retirent à demi noyé sur la berge, se jettent sur lui, le pressent de toutes leurs forces pour ramener la respiration et lui faire rendre l'eau avalée. Il se relève en chancelant, retombe foudroyé sur le sol, et les deux hommes pensent le voir expirer au moment même où la voix de Thornton leur parvient de loin, lasse et indistincte, en un suprême appel.

Mais cette voix si faible semble posséder le pouvoir de se faire entendre jusqu'au-delà du royaume des vivants. Du fond de son évanouissement, Buck en a reçu le choc; il se relève comme galvanisé [2], et d'un bond revient au point de départ, guéri, dispos, montrant par une mimique éloquente l'ardent désir de partir vite, sans perdre une seconde.

La corde est de nouveau enroulée autour de son corps, et, rendu prudent par la précédente méprise, il sait cette fois dominer son impatience, modérer son ardeur, viser son but et le toucher. Il coupe d'abord le courant en travers, et arrivé au-dessus de Thornton, se laisse tomber adroitement.

1. **Ballotté**: secoué.
2. **Galvanisé**: soudain enthousiaste, énergique.

Thornton le voit arriver sur lui comme la foudre et le saisit par le cou. Tous deux sont entraînés, roulés, submergés dix fois ; finalement la corde a le dessus : étranglés, meurtris, mais vivants, ils sont ramenés sur la berge.

Lorsque les rudes soins de ses camarades rappelèrent l'homme à la vie, son premier regard fut pour la bête dont le corps inerte inspirait déjà à Nig le lamentable hurlement de mort, tandis que Skeet, plus avisée, léchait avec ardeur le museau mouillé et les yeux fermés du pauvre Buck.

Au mépris de ses plaies, de ses meurtrissures et de l'immense fatigue qui l'accablait, Thornton se mit immédiatement à masser, à frictionner et à panser son héroïque ami. On lui trouva trois côtes brisées, ce qui détermina les mineurs à camper en cet endroit jusqu'à son complet rétablissement.

Il accomplit ce même hiver un autre exploit, moins héroïque peut-être, mais extrêmement profitable au point de vue pécuniaire[1], et qui vint fort à propos permettre à nos mineurs de s'outiller convenablement et de pousser une pointe vers certaine région de l'Est, encore non exploitée, qu'ils avaient en vue.

Un jour, à l'Eldorado Saloon, lieu de réunion bien connu des chercheurs d'or de l'Alaska, les hommes buvant et fumant vantaient les mérites de leurs chiens respectifs.

1. **Pécuniaire** : de l'argent.

« Le mien est capable de traîner à lui seul un poids de six cents livres, disait l'un, ne mentant que de moitié.

– Et le mien en tirerait bien sept cents, dit Matthewson, un des nababs[1] de l'endroit.

– Sept cents ? fit Thornton. Buck en traînerait mille !

– Oui-da ? ricana le nabab jaloux. Il est si fort que ça ? Et sans doute il serait capable de faire démarrer mon traîneau qui est là fixé dans la neige, peut-être même de le tirer à lui seul sur un parcours de cent mètres ?

– Tout à fait capable, répéta tranquillement Thornton.

– Eh bien, dit Matthewson, en articulant très haut sa proposition, afin que chacun pût l'entendre, je parie mille dollars qu'il ne le fait pas ; et les voilà ! »

Il déposait en même temps sur le bar un sac de poudre d'or roulé et gonflé comme une saucisse.

Il y eut un silence. Thornton se sentit rougir : sa langue l'avait trahi.

Très sincèrement, il estimait que son chien était de force à traîner un poids semblable, mais il n'avait jamais mis sa vigueur à pareille épreuve. De plus, les trois associés étaient loin de posséder la somme engagée. Il fallait pourtant se décider ; on attendait sa réponse.

1. **Nababs** : hommes riches qui aiment montrer qu'ils le sont.

« Mon traîneau est à la porte avec vingt sacs de farine de cinquante livres chacun, dit Matthewson avec un rire brutal. Ne vous gênez donc pas ! »

Thornton gardait un silence préoccupé, cherchant une excuse, quand ses yeux errants s'arrêtèrent sur le visage d'un vieux camarade, Jim O'Brien, un autre roi de l'or de la région. Cette vue lui rendit tout son sang-froid, et, se dirigeant vers lui :

« Pouvez-vous me prêter mille dollars ? lui demanda-t-il.

– Sûr, répondit O'Brien en déposant près du sac de Matthewson un autre sac non moins rebondi. Mais je crains bien, John, que la bête ne réussisse pas. »

En un clin d'œil, les occupants de l'Eldorado se répandirent dans la rue pour assister à l'épreuve ; les tables furent désertées, joueurs et croupiers[1] sortaient en masse pour voir le résultat de la gageure[2] et parier eux-mêmes. Quantité d'hommes couverts de fourrures entourèrent le traîneau, chargé de ses mille livres de farine, qui stationnait depuis deux heures devant la porte, avec un froid de soixante degrés au-dessous de zéro.

Les patins avaient gelé sur la neige durcie ; on pariait deux contre un que Buck ne l'ébranlerait pas. Une contestation s'éleva sur le mot « démarrer » ; O'Brien prétendait que c'était le droit de Thornton de dégeler d'abord les patins, laissant Buck tirer ensuite ; Matthewson affirmait avoir compris dans

1. **Croupiers** : ceux qui s'occupent des paris.
2. **Gageure** : pari.

son pari le brisement de la glace sous les patins gelés. La majorité des hommes présents lui ayant donné raison, les paris contre Buck montèrent de un à trois, personne ne le croyant capable d'un pareil tour de force. Thornton, en voyant le traîneau attelé de dix chiens que Buck devait remplacer tout seul, se repentait[1] de plus en plus d'avoir parlé si vite. Matthewson triomphait.

« Trois contre un ! criait-il. Je vous donnerai un autre billet de mille à ce compte-là, Thornton. Voulez-vous ? »

Mais ce défi avait réveillé en Thornton l'esprit de combat, et il était décidé à tenter l'impossible. Il appela Hans et Peter, dont les bourses réunies n'arrivèrent qu'à former un total de deux cents dollars : cette somme constituait tout leur avoir, mais ils n'hésitèrent pas à l'engager contre les six cents dollars de Matthewson.

Les dix chiens furent dételés, et Buck tout harnaché les remplaça au traîneau. On eût dit qu'il avait saisi quelque chose de la surexcitation générale, qu'il se sentait à la veille de tenter un grand effort pour le maître adoré. Des murmures d'admiration s'élevèrent à la vue de ses formes superbes. Il était merveilleusement « en forme » ; pas une once de chair superflue ; son poil lustré reluisait comme du satin ; sur son cou et ses épaules, sa crinière se hérissait, ondulant à chaque mouvement ; sa large poitrine et ses fortes pattes étaient proportionnées au reste

1. **Se repentait** : regrettait.

du corps. Et les connaisseurs ayant palpé les muscles qui saillaient sous la peau en fibres serrées, et les ayant trouvés durs comme du fer, les paris redescendirent à deux contre un.

« Pardieu, monsieur, dit à Thornton un richard de Shookum-Bench, je vous en offre huit cents dollars avant l'épreuve, huit cents tel qu'il est là. »

Thornton secoua la tête et vint se placer près de Buck.

« Vous ne devez pas être à côté de lui, protesta Matthewson. Franc jeu, et de la place ! »

La foule se tut ; on n'entendait que les voix des parieurs offrant Buck à deux contre un ; mais les vingt sacs de farine pesaient trop lourd pour que les assistants se décidassent à délier les cordons de leur bourse.

Thornton s'agenouilla près de Buck, lui saisit la tête à deux mains, pressant sa joue contre la sienne, et, tout bas, il murmura :

« Fais cela pour moi, Buck, pour l'amour de moi !… »

Et Buck gémit d'ardeur réprimée.

La foule les examinait curieusement ; l'affaire devenait mystérieuse, cela tenait de la sorcellerie. Quand Thornton se releva, Buck saisit avec ses dents la main de son maître, et la mordit légèrement : c'était une réponse muette et un message d'amour. Thornton recula lentement.

« Maintenant, Buck ! » dit-il.

Buck tendit les traits, puis les relâcha de quelques centimètres, ainsi qu'il avait appris à le faire.

« Haw !… »

La voix de Thornton résonna dans le silence intense.

Buck, obliquant vers la droite, fit un mouvement en avant, et un bond qui tendit soudain les traits, puis il arrêta net son élan. Le chargement trembla, et sous les patins on entendit un pétillement sonore.

« Gec !… » commanda Thornton.

Buck recommença la manœuvre à gauche. Le pétillement devint un craquement, le traîneau remua, les patins grincèrent et glissèrent de quelques centimètres. La glace était brisée ! Les hommes retenaient leur respiration.

Alors vint le commandement final :

« Mush ! »

La voix de Thornton retentit comme un coup de clairon[1]. Buck fit un pas en avant, raidissant les traits, son corps tout entier tendu dans un effort désespéré ; sous la fourrure soyeuse, les muscles se tordaient et se nouaient comme des êtres vivants ; la large poitrine rasait la terre, les pattes se crispaient fiévreusement, les griffes creusaient dans la neige durcie des rainures profondes. Le traîneau oscilla, trembla, parut s'ébranler. Une des pattes de l'animal ayant glissé, un des spectateurs jura tout haut ; puis le traîneau, par petites secousses, fit un mouvement

1. **Clairon** : instrument à vent utilisé par les militaires.

en avant et ne s'arrêta plus, gagnant un centimètre… deux… dix !

Sous l'impulsion donnée, la lourde masse s'équilibrait, avançait visiblement. Les hommes, haletants d'émotion, se reprenaient à respirer ; Thornton courait derrière le traîneau, encourageant Buck par de petits mots brefs.

La distance à parcourir avait été soigneusement mesurée, et quand le bel animal approcha de la pile de bois qui marquait le but, une acclamation se fit entendre qui se changea en clameur[1], lorsque, ayant dépassé les bûches, il s'arrêta net au commandement de son maître. Les hommes enthousiasmés, y compris Matthewson, jetaient en l'air chapeaux et gants fourrés.

Agenouillé près de Buck, Thornton, rayonnant, avait pris à deux mains la tête du molosse, et, la secouant rudement, lui administrait la suprême récompense, accompagnée d'une volée de ses meilleurs jurons.

« Monsieur, bégayait le nabab de Shookum-Bench, je vous en donne mille dollars, monsieur, entendez-vous ? Mille dollars… douze cents ! »

Thornton se releva ; ses yeux étaient mouillés de larmes qu'il ne songeait pas à cacher.

1. **Clameur** : cris violents et tumultueux.

« Non, monsieur, non, répondit-il au roi de Shookum-Bench. Allez au diable, monsieur ; c'est tout ce que j'ai à vous répondre. »

Buck ayant saisi entre ses dents la main de Thornton penché sur lui, la pressait avec tendresse ; et les spectateurs, discrets, se retirèrent pour ne pas troubler le tête-à-tête des deux amis.

Chapitre 6

L'Appel résonne

John Thornton ayant, grâce à Buck, gagné six cents dollars en cinq minutes, se trouva en mesure de payer certaines dettes[1] gênantes, et de réaliser un projet depuis longtemps caressé[2] avec ses camarades. Il s'agissait d'un voyage dans l'Est, à la recherche d'une mine fabuleuse dont le souvenir remontait aux origines mêmes de l'histoire du pays.

Bien des aventuriers étaient partis à sa recherche ; peu étaient revenus ; des milliers avaient disparu sans laisser de traces. L'histoire de cette mine était féconde[3] en tragédies mystérieuses. On ignorait le nom du premier qui l'avait découverte. Rien de précis ne se racontait, à vrai dire ; mais on prétendait que l'emplacement en était marqué par une cabane en ruine.

---

1. **Dettes** : argent que l'on doit à quelqu'un.
2. **Caressé** : désiré.
3. **Féconde** : riche.

Ceux qui revenaient épuisés et mourants l'avaient décrite, montrant à l'appui de leurs dires des pépites d'or d'une grosseur surprenante telle que les autres n'en avaient jamais vu.

Personne ne s'attribuant la possession de ces trésors, que les morts ne réclameraient plus, John Thornton, Hans et Peter, accompagnés de Buck et d'une demi-douzaine d'autres chiens, se dirigèrent vers l'Est, cherchant sur une piste inconnue des richesses peut-être chimériques.

Ayant remonté en traîneau, pendant soixante-dix miles, le Yukon glacé, ils tournèrent dans la rivière Stewart, passèrent le Mayo et le Mac-Question, et continuant leur route jusqu'à la source du Stewart, ils gravirent des pics qui semblaient l'épine dorsale[1] même du continent.

John Thornton, au cours de ses expéditions, comptait peu sur l'homme, mais beaucoup sur la nature, et ne redoutait aucune solitude. Avec une poignée de sel et un rifle[2], il pouvait s'enfoncer dans les pays les plus sauvages, et se tirer d'affaire aussi facilement qu'il lui plaisait. N'étant jamais pressé par le temps, il chassait sa nourriture, à l'instar des Indiens[3], tout en marchant; si le gibier manquait, il poursuivait son chemin sans se troubler, sûr d'en retrouver tôt ou tard. L'ordinaire, pendant ces longs voyages, devant être la viande fraîche,

1. **Épine dorsale**: colonne vertébrale.
2. **Rifle**: arme à feu.
3. **À l'instar des Indiens**: comme les Indiens.

les munitions et les outils constituaient la principale charge du traîneau.

Ce fut, pour Buck, un temps de liesse et de joie perpétuelle que cette vie de chasse, de pêche, de vagabondage infini dans des pays inconnus.

Pendant des semaines entières, on marchait du matin au soir ; pendant d'autres, au contraire, on semblait vouloir prendre racine en quelque lieu solitaire, on dressait le camp ; les chiens flânaient, et les hommes, pratiquant des trous dans la terre ou le gravier gelé, lavaient près du feu de grandes écuelles de boue dorée. Tantôt on avait faim, tantôt on faisait bonne chère [1], suivant les hasards de la chasse et les caprices du gibier.

L'été arriva ; alors hommes et chiens traversèrent en radeau les lacs bleus des montagnes, remontèrent ou descendirent des rivières inconnues, sur de frêles barques taillées dans les arbres des forêts environnantes. Les mois passaient, tandis qu'ils erraient ainsi dans la vaste étendue dont nulle main n'avait tracé la carte pour les guider, mais que des pas humains avaient foulée jadis, si la tradition disait vrai.

Ils subirent de violents orages, tourmentes de neige en plein été, vents cinglants, éclairs aveuglants ; souvent ils virent tomber la foudre à leurs côtés ; ils frissonnèrent au soleil de minuit sur les hautes cimes, à la limite des neiges éternelles ;

1. **On faisait bonne chère** : on mangeait beaucoup.

redescendirent dans les chaudes vallées infestées de moustiques ; cueillirent à l'ombre des glaciers des fruits comparables aux plus beaux de ceux qu'on goûte dans le Sud.

Vers la fin de l'année, les voyageurs pénétrèrent dans une région triste et fantastique, coupée de lacs, où le gibier d'eau avait vécu, mais dont le silence n'était plus troublé que par le souffle glacé du vent et le brisement mélancolique des vagues sur des grèves solitaires.

Pendant tout un hiver encore, les explorateurs suivirent les traces à demi effacées de ceux qui les avaient précédés. Ce fut d'abord une voie pratiquée dans la forêt, et qui semblait devoir aboutir à la cabane perdue ; mais cette route, sans commencement et sans but, demeura mystérieuse comme la destinée et la pensée de celui qui l'avait tracée.

Une autre fois, ils découvrirent une hutte de chasseur, et parmi des lambeaux de couvertures pourries, Thornton dénicha un fusil à pierre datant des premières années de la Compagnie de la baie d'Hudson. Aucune autre trace de l'homme inconnu qui avait bâti cet abri et respiré en ce lieu à cette époque lointaine.

Le retour du printemps mit un terme à ces vagabondages, car les aventuriers découvrirent non point, il est vrai, la cabane perdue, mais, dans le creux d'une large vallée, un placer[1] profond, dont l'or reluisait comme du beurre jaune au fond des tamis[2] à laver.

Ils ne cherchèrent pas plus loin, car chaque jour de travail leur rapportait des milliers de dollars en poudre ou en pépites. On fabriqua des sacs en peau d'élan, dans lesquels cet or fut renfermé par tas de cinquante livres.

Les jours passaient rapidement à ce travail formidable. Les chiens n'avaient rien à faire que de rapporter au camp de temps à autre le gibier, tué par Thornton, et en cette période, Buck passa de longues heures à rêver au coin du feu à ces choses primitives dont il avait la confuse nostalgie[3].

Alors, aux visions troubles des époques lointaines, venait se joindre l'appel qui résonnait au fond de la forêt, éveillant en lui une foule de désirs indéfinissables et d'étranges sensations. Mû[4] par un pouvoir plus fort que sa volonté, il partait en quête[5], cherchant obscurément à découvrir l'origine de l'écho qui résonnait en lui. Errant dans la forêt, il humait[6] avec ivresse la senteur de la mousse fraîche et des herbes longues couvrant le sol noir, parmi l'humus[7] séculaire ; et ces odeurs

1. **Placer** : mine.
2. **Tamis** : outil qui sert à filtrer.
3. **Confuse nostalgie** : désir vague.
4. **Mû** : motivé.
5. **En quête** : à la recherche.
6. **Humait** : reniflait.
7. **Humus** : terre.

salubres[1] le remplissaient d'une joie mystérieuse déjà ressentie, lui semblait-il.

Alors le souvenir de l'Homme aux longs bras, couvert de poils, qu'il suivait jadis, lui revenait plus vif ; il s'attendait presque à le trouver, au détour du sentier marqué dans les taillis[2] par le passage fréquent des bêtes sauvages, et il quêtait plus ardemment…

Parfois, il demeurait des journées entières blotti derrière un tronc d'arbre, guettant patiemment, avec une inlassable curiosité, tout ce qui bougeait autour de lui, le mouvement des multiples petites vies abritées par les grands arbres, insectes ou bestioles au poil fauve.

Puis il rentrait au camp et s'étendait de nouveau près du feu pour rêver.

Mais soudain, il levait la tête, dressait les oreilles, écoutait, plein d'attention. Obéissant à l'appel entendu de lui seul, il bondissait sur ses pieds et filait droit devant soi, pendant des heures, sous les voûtes fraîches de la forêt, au fond du lit desséché des torrents, dans les grands espaces découverts et fleuris. Mais, par-dessus tout, il se plaisait à courir ainsi dans la pénombre odorante des nuits d'été, alors que la forêt murmure dans son sommeil, et que ce qu'elle dit est clair comme une parole articulée. À cette heure, plus profond, plus mystérieux,

1. **Salubres** : saines.
2. **Taillis** : petits bois.

plus proche aussi, résonnait l'Appel – la Voix qui incessamment[1] l'attirait, du fond même de la nature.

Une nuit, il fut réveillé tout à coup en sursaut : alerte, les yeux brillants, les narines frémissantes, le poil hérissé en vagues… L'Appel se faisait entendre, et tout près cette fois. Jamais il ne l'avait distingué si clair et si net. Cela ressemblait au long hurlement du chien indigène.

Et, dans ce cri familier, il reconnut cette Voix, entendue jadis, qu'il cherchait depuis des semaines, et des mois.

Traversant, rapide et silencieux comme une ombre, le camp endormi, il s'élança dans la forêt. Mais comme il se rapprochait de l'être qui l'appelait, il ralentit par degrés son allure et s'avança, prudent et rusé.

Et tout à coup, au cœur d'une clairière, il vit, assis sur ses hanches et hurlant à la lune, un loup de forêt, long, gris et maigre.

Bien que le chien n'eût fait aucun bruit, la bête l'éventa[2] et cessa soudain son chant. Buck s'avança, la queue droite, les oreilles hautes, prêt à bondir. Pourtant tout dans son allure marquait, en même temps que la menace, le désir de faire amitié. Mais le fauve, sourd à ces avances, prit soudain la fuite.

Buck le suivit à grands bonds, plein d'un désir fou de l'atteindre. Longtemps ils coururent, presque côte à côte. Enfin,

1. **Incessamment** : sans s'arrêter.
2. **L'éventa** : le sentit.

le loup s'engagea dans le lit desséché d'un torrent barré par un fouillis inextricable de branchages et de bois mort.

Alors la bête sauvage, se trouvant acculée [1], fit volte-face par un mouvement familier à Joe et aux chiens indigènes aux abois ; et, grinçant des dents, claquant avec bruit des mâchoires, elle attendit.

Buck, au lieu de l'attaquer, tournait autour du loup avec un petit murmure amical, remuant la queue et riant à belles dents. Mais le loup se méfiait, car sa tête arrivait à peine à l'épaule du chien, et il avait peur. Et tout à coup, d'un mouvement souple et furtif, il s'échappa et reprit sa course.

La poursuite recommença. Encore une fois, le loup faillit être pris, pour de nouveau s'échapper et recommencer à fuir. La bête était en mauvaise condition, sans quoi Buck n'aurait pu l'égaler à la course ; ils couraient presque côte à côte, jusqu'au moment où le loup s'arrêtait, montrait les dents et recommençait à fuir de plus belle.

Enfin, reconnaissant que Buck ne lui voulait pas de mal, la bête s'arrêta et laissa le chien lui flairer le museau. Sur quoi ils devinrent amis et se mirent à jouer ensemble, de cette façon nerveuse et timide qui semble démentir la férocité des bêtes sauvages.

Quelques instants plus tard, le loup se remit en marche, d'une allure aisée, indiquant un but définitif. Il fit comprendre

1. **Se trouvant acculée :** ne pouvant plus reculer.

à Buck qu'il devait l'accompagner, et, côte à côte, ils se mirent à courir dans la pénombre. Ils suivirent le lit du torrent à travers la gorge aride qui lui donnait naissance, et sur le versant opposé de la cascade, ils atteignirent une contrée de plaines et de forêts étendues, que traversaient de nombreux ruisseaux. Ils galopèrent des heures entières à travers ces espaces, tandis que le soleil s'élevait sur l'horizon.

Buck était infiniment joyeux : il se sentait répondre à l'Appel ; les souvenirs anciens lui revenaient en foule sur cette terre vierge et sous ces cieux immenses, tandis qu'il courait aux côtés de son frère le fauve.

Mais les deux coureurs s'étant arrêtés pour boire à un clair ruisseau, l'onde froide dissipa cette ivresse ; le souvenir de John Thornton étreignit[1] soudain le cœur de Buck. Il s'assit brusquement.

Le loup continua sa route, puis revint à lui, le poussant avec son nez, l'encourageant à le suivre.

Mais Buck retournait lentement sur ses pas, et pendant une heure, son frère sauvage l'accompagna, gémissant doucement. Puis il s'assit à son tour, et, pointant le museau en l'air, poussa un long hurlement. Tandis que le chien poursuivait sa route, cette plainte lugubre continua de déchirer l'air, résonnant longtemps encore dans le lointain. Elle s'éteignit enfin…

1. **Étreignit** : serra.

Thornton achevait de dîner lorsque Buck tomba dans le camp comme une bombe, sautant sur son maître, lui léchant la figure et les mains, criant de joie, renversant tout sur son passage, dans sa folle expansion de tendresse ; jamais Thornton ne l'avait vu si exubérant[1]…

Pendant deux jours et deux nuits, Buck resta au camp, semblant garder son maître à vue ; puis l'inquiétude le reprit ; de nouveau il fut hanté par le souvenir de cette course à deux à travers un pays souriant et sauvage…

Il se remit à courir les bois, mais sans pouvoir retrouver son farouche compagnon ; la plainte lugubre ne se faisait plus entendre.

Son orgueilleuse confiance en soi éclatait dans tous les mouvements du chien et communiquait à son être physique une sorte de plénitude gracieuse et terrible.

Il eût semblé un loup gigantesque, sans les taches fauves de son museau et de ses yeux, et l'étoile blanche qui marquait son front et sa large poitrine. Par l'astuce, il tenait du loup ; par la force et le courage, de son père le chien géant ; par la beauté et l'intelligence, de sa mère la fine colley ; ces qualités, jointes à une expérience acquise à la plus dure des écoles, faisaient de lui une créature superbe et redoutable entre toutes.

1. **Exubérant** : qui montre ses sentiments avec excès.

«Jamais on ne vit chien pareil!» répétait Thornton avec une juste fierté, en le regardant marcher dans le camp, orgueilleux et fort, roi de tout ce qui l'entourait.

Nul ne soupçonnait la transformation qui s'opérait en lui aussitôt qu'il pénétrait dans la solitude de la forêt. Il ne marchait plus alors; il devenait un animal sauvage, silencieux et léger, ombre à peine entrevue glissant parmi d'autres ombres. Il savait tirer parti du moindre abri, se traîner sur le ventre comme un serpent, et comme lui bondir et frapper. Il pouvait saisir la perdrix sur son nid, surprendre le lapin à son gîte, et attraper au vol les petits écureuils agiles. Toutefois il ne tuait pas par plaisir, mais seulement pour vivre et se nourrir du produit de sa chasse.

Comme l'hiver approchait, les élans descendaient en grand nombre pour venir passer la saison rigoureuse dans les vallées basses et mieux abritées. Buck avait déjà réussi à prendre un jeune d'assez forte taille; mais il aspirait à s'emparer d'une proie plus digne de lui; cette chance lui échut[1] enfin dans un défilé solitaire.

Une vingtaine de ces animaux, conduits par un vieux chef, descendaient à petites journées de la région des bois et des sources. Le chef était une bête d'aspect farouche, dominant le sol de six pieds, et dont la tête formidable était ornée de

1. **Échut**: arriva.

bois immenses, portant au moins quatorze andouillers[1], et mesurant sept pieds d'une pointe à l'autre. Ses petits yeux brillaient d'une lueur verte et cruelle, et il parut à Buck lui-même un adversaire redoutable.

Il mugit[2] de fureur en apercevant le chien ; cette fureur s'augmentait sans nul doute de la douleur que lui causait une flèche dont la penne[3] lui sortait à mi-flanc.

Guidé par l'instinct inné du chasseur – hérité de ses ancêtres qui pratiquaient déjà cette tactique aux premiers temps du monde –, Buck se mit tout d'abord en devoir de séparer sa proie du reste du troupeau. Ce n'était pas là une mince besogne, car le vieux mâle était aussi méfiant et rusé que féroce. Le chien dansait en aboyant devant l'élan, l'exaspérant par ses clameurs, tout en ayant bien soin de se tenir à distance respectueuse des andouillers formidables et des terribles pieds plats qui l'eussent écrasé d'une foulée.

L'animal, furieux, fonçait sur Buck qui feignait de fuir pour l'entraîner à sa poursuite. Mais à peine le vieux faisait-il mine de s'écarter du troupeau, que deux ou trois jeunes élans chargeaient le chien à leur tour, ce qui permettait au chef blessé de rejoindre le gros de la troupe.

Les bêtes sauvages savent déployer une patience entêtée, inlassable et tenace comme leur vie même. Et Buck possédait

1. **Andouillers** : ramifications des bois d'un cerf.
2. **Mugit** : poussa un cri.
3. **Penne** : plume au bout d'une flèche.

cette patience tout entière. Il demeurait sur les flancs du troupeau, harcelant les femelles et les petits, enveloppant la troupe d'un cercle hostile, rendant l'animal blessé fou de rage impuissante. Cela dura toute la journée. Au coucher du soleil, les jeunes se montraient déjà moins ardents à venir au secours de leur chef obsédé. L'approche de l'hiver, obscurément pressentie, les entraînait vers des pâturages mieux abrités, et leur instinct les poussait à sacrifier une tête unique pour le salut du troupeau entier.

Quand la nuit tomba, le vieux mâle se tenait la tête basse, regardant s'éloigner les compagnons qu'il ne pouvait plus suivre ; les femelles qu'il avait protégées, les jeunes dont il était le père, les jeunes audacieux qu'il avait vaincus, tous disparaissaient, d'une allure se faisant toujours plus rapide, dans la lumière expirante du soir.

Il allait terminer sa longue carrière de luttes et de victoires sous la dent d'un animal dont la tête n'arrivait pas à la hauteur de ses lourds genoux. Dès cet instant Buck ne lâcha sa proie ni nuit ni jour, l'empêchant de dormir, de boire ou de brouter l'herbe et les jeunes pousses de saule et de bouleau. Dans son désespoir, l'élan piquait des galops furieux et sans but ; Buck le suivait d'une allure facile, se couchant quand sa victime s'arrêtait, mais l'attaquant dès qu'elle faisait mine de manger ou de boire.

La lourde tête s'abaissait de plus en plus sous ses bois énormes, et le trot traînant se ralentissait ; pendant de longs moments, l'animal demeurait immobile, le nez baissé vers la terre, les oreilles pendantes et molles ; l'implacable chasseur pouvait alors se reposer et boire lui-même.

Et dans ces instants de répit, quand Buck demeurait couché, haletant, sa langue rouge allongée sur ses dents blanches, il lui semblait pressentir un changement subtil dans la contrée [1]. On eût dit que des êtres nouveaux y avaient pénétré, en même temps que les élans descendaient des hauteurs : la forêt, l'onde et l'air décelaient leur présence qu'un sens mystérieux lui révélait ; et il résolut, sa chasse terminée, d'approfondir cette étrange et attirante énigme.

Le soir du quatrième jour de chasse, il terrassa enfin le grand élan, et pendant vingt-quatre heures il demeura près de sa proie, mangeant et dormant tour à tour. Puis, reposé, rafraîchi, et vigoureux, il reprit le chemin du camp de Thornton. Il allait d'un long galop aisé qui durait des heures entières, sans jamais se tromper, se dirigeant avec une sûreté humiliante pour l'homme et son aiguille magnétique [2].

Tout en marchant, ce changement pressenti s'affirmait à lui de plus en plus. Il y avait dans le pays une présence nouvelle ; et cette conviction ne venait plus seulement de son

1. **Contrée** : région.
2. **Aiguille magnétique** : boussole.

instinct propre ; le témoignage des autres animaux, celui de la brise même la confirmait en lui. Plusieurs fois il s'arrêta pour respirer l'air frais du matin et déchiffrer un message qui lui faisait reprendre sa course avec plus d'ardeur, car il sentait le drame tout proche – une calamité[1] imminente, sinon déjà consommée. Aussi, après avoir traversé la dernière cascade, descendit-il vers le camp en redoublant de circonspection[2].

Au bout de trois miles, il rencontra une piste fraîche, menant droit au camp de John Thornton.

Buck se hâtait, le poil hérissé, les nerfs tendus, attentif à mille détails qui lui confirmaient certains faits, sans lui en donner la conclusion.

Son odorat lui révélait le passage d'êtres vivants sur les traces desquels il courait. Le silence absolu de la forêt le frappa ; les oiseaux avaient fui et les écureuils se cachaient au creux des arbres.

Tandis que Buck glissait, rapide et furtif comme une ombre, une senteur irrésistible le prit soudain à la gorge et le détourna de sa route. Cette nouvelle piste l'amena dans un taillis où il trouva son camarade Nig, gisant sur le flanc, traversé de part en part par une flèche barbelée. Cent mètres plus loin, Buck, sans s'arrêter, vit un des chiens indigènes achetés à Dawson qui se tordait dans les dernières convulsions de l'agonie.

1. **Calamité** : malheur.
2. **Circonspection** : prudence.

Il entendit alors s'élever du camp une sorte de mélopée sauvage et monotone. Rampant à plat ventre au bord de la clairière, il découvrit le cadavre de Hans, couché sur la face, le corps hérissé de flèches comme un porc-épic. Mais au même instant, il aperçut par les interstices[1] des branches un spectacle qui lui fit hérisser le poil et le remplit d'une rage aveugle. La présence pressentie prenait corps ; elle était visible sous la forme d'une troupe de Peaux-Rouges Yeehats, dansant la danse de guerre autour de la cabane en ruine de John Thornton…

Un grondement féroce s'échappe de la poitrine convulsée de Buck ; la passion détruit soudain les conseils de la prudence et de la ruse si chèrement acquises ; il s'élance, tombe comme un tourbillon sur les Yeehats ahuris et épouvantés. Ivre de carnage et de mort, l'animal bondit de l'un à l'autre, saute sur le chef, lui ouvre la gorge d'un coup de dent qui tranche la carotide, et sans s'attarder à l'achever, tourne sa rage sur le second guerrier qui subit un sort pareil. En vain les hommes veulent résister ; la bête est partout à la fois. Elle se dérobe à leurs coups et sème sur son passage la destruction et la terreur. Les sauvages veulent l'abattre à coups de flèches ; ils se blessent les uns les autres sans atteindre leur ennemi, l'un d'eux essaye de transpercer de sa lance le démon agile qui bondit au milieu

1. **Interstices** : petits espaces.

d'eux; l'arme pénètre dans la poitrine d'un de ses compagnons qui s'abat avec un cri affreux.

Alors la panique s'empare des Yeehats. Ils s'enfuient terrifiés dans la forêt, proclamant à grands cris l'apparition de l'Esprit du Mal.

Buck, à la poursuite de ses ennemis, semblait la personnification de la Vengeance infernale. Altéré de leur sang[1], il les terrasse dans les taillis, les déchire sans pitié; affolés, décimés[2], ils se dispersent dans toutes les directions et ce ne fut qu'une semaine plus tard que les survivants de la lutte purent se réunir dans une vallée écartée, pour compter leurs morts et chanter leurs louanges.

Quand Buck, las de poursuivre ses misérables ennemis, revint au camp dévasté, il trouva le corps de Peter, roulé dans ses couvertures, là où la mort l'avait surpris dès la première attaque. L'état du sol, autour de la hutte, décelait[3] la résistance désespérée de Thornton.

Buck, le nez à terre, poussant des cris ardents et plaintifs, suivit jusqu'au bord d'un étang profond toutes les péripéties de la lutte que son maître avait livrée. Là, sur la berge, fidèle jusque dans la mort, Skeet était couchée, la tête et les pattes de devant baignant dans des flots rougis de sang… Les eaux troubles et profondes cachaient à jamais le corps de John

1. **Altéré de leur sang**: changé par l'odeur et la vue du sang.
2. **Décimés**: exterminés.
3. **Décelait**: montrait.

Thornton. Buck passa le jour entier à errer autour de l'étang, poussant des gémissements lugubres ou des hurlements désolés. La disparition de son maître adoré creusait en son cœur un vide profond, impossible à combler. Seule, la vue de ses victimes portait quelque adoucissement à sa peine. Fier d'avoir tué des Hommes, le plus noble des gibiers, il reniflait curieusement les cadavres, surpris d'avoir triomphé si facilement de ceux qui savaient se rendre redoutables à l'occasion.

Désormais il ne connaîtrait plus la crainte de l'Homme.

La lune parut dans les cieux, baignant la terre d'une lumière sépulcrale[1], et Buck sentit avec la nuit monter dans la forêt l'éveil d'une vie nouvelle.

Il se dressa, humant l'air. Des abois lointains retentissaient, se rapprochant rapidement. Il reconnut en eux une part de ce passé qui ressuscitait en lui. S'avançant dans la clairière, il écouta sans trouble et sans remords la voix qui depuis longtemps le sollicitait…

Désormais il était libre – libre de lui répondre et de lui obéir. John Thornton mort, plus rien ne rattachait Buck à l'Humanité.

Comme un flot argenté, la meute des loups déboucha dans la clairière où Buck, immobile comme un chien de pierre, attendait leur venue. Son aspect était si imposant qu'ils s'arrêtèrent un instant, interdits ; mais un plus hardi que les autres

1. **Sépulcrale** : sinistre.

sauta sur le chien qui lui tordit le cou, rapide comme l'éclair. Puis il reprit sa pose majestueuse, sans se préoccuper de la bête qui râlait[1] à terre. Trois autres tentent l'attaque et se retirent en désordre, la gorge ouverte d'une oreille à l'autre.

Enfin, la horde entière se rue sur l'ennemi. Mais la merveilleuse agilité de Buck, sa force sans pareille lui permettent de déjouer toutes les attaques.

Pour empêcher les assaillants de le prendre par-derrière, il vient s'adosser à un talus et, protégé de trois côtés, réussit à se défendre si vaillamment que les loups découragés reculent enfin. Les uns demeurent couchés, la langue pendante, saignant par vingt blessures ; les autres jappent, montrant leurs crocs étincelants, sans quitter de l'œil le terrible adversaire ; d'autres boivent avidement l'eau de l'étang.

Tout à coup un loup grand et maigre se détache de la troupe et s'approche du chien avec précaution mais en gémissant doucement. Buck reconnaît soudain son frère sauvage, son compagnon d'une nuit et d'un jour, leurs deux museaux se touchent, et le chien sent son cœur battre d'une émotion nouvelle.

À son tour, un vieux loup décharné, couvert de cicatrices, se rapproche. Buck, tout en retroussant les lèvres, lui flaire les narines et remue doucement la queue. Sur quoi le vieux guerrier s'assied et, pointant son museau vers la lune, pousse un

1. **Râlait** : agonisait.

hurlement mélancolique et prolongé. Les autres le reprennent en chœur.

Buck reconnaît l'Appel… Il s'assied et hurle de même. Alors la meute l'entoure en le reniflant, sans plus lui témoigner aucune hostilité.

Et tout à coup, les chefs, poussant le cri de chasse, s'élancent dans la forêt ; la bande entière les suit, donnant de la voix, tandis que Buck, au côté du frère sauvage, galope, hurlant comme elle.

Et ceci est la fin de l'histoire de Buck.

Mais les Indiens, au bout de peu d'années, remarquèrent une modification dans la race des loups de forêt. De plus forte taille, certains des jeunes montrent des taches fauves aux yeux et sur le museau, une étoile blanche au front ou à la poitrine. Et aujourd'hui encore, parmi les Yeehats, on parle d'un Chien-Esprit qui mène la bande des loups, et qui est plus rusé qu'aucun d'eux. Les hommes le redoutent, car il ne craint pas de venir voler jusque dans leurs camps, renversant leurs pièges, tuant leurs chiens et s'attaquant aux guerriers eux-mêmes.

Parfois, ces chasseurs ne reviennent plus de la forêt, où l'on retrouve leur corps sans vie, la gorge béante. Et la légende de l'Esprit du Mal s'accroît d'un épisode de plus. Les femmes pleurent et les hommes s'assombrissent en y pensant.

Tous évitent la vallée du bord de l'étang, car en ce lieu apparaît périodiquement un visiteur sorti de la région des grands bois et des sources, dont la présence jette partout l'épouvante.

C'est, dit-on, un loup géant, à la superbe fourrure, à la mine hautaine et dominatrice. Il descend jusqu'à une clairière où des sacs en peau d'élan à moitié pourris dégorgent sur le sol un flot de métal jaune, à demi recouvert déjà par les détritus végétaux et les souples herbes sauvages.

Le grand loup s'arrête et semble rêver ; puis, avec un long hurlement, dont la tristesse glace le sang, il reprend sa course vers la forêt profonde qui est désormais sa demeure.

Alors, quand viennent les longues nuits d'hiver et que les loups sortent du bois pour chasser le gibier dans les vallées basses, on le voit courir en tête de la horde, sous la pâle clarté de la lune, ou à la lueur resplendissante de l'aurore boréale. De taille gigantesque, il domine ses compagnons, et sa gorge sonore donne le ton au chant de la meute, à ce chant qui date des premiers jours du monde.

Mon dossier de lecture

LES LIEUX DU ROMAN

Le trajet de Buck de Santa Clara à Dyea

La plupart des chercheurs d'or débarquent dans les villes de **Dyea** et de **Skagway**. Ils traversent le col de Chilcoot pour arriver jusqu'au lac Bennett. Près de 22 000 chercheurs d'or passent par ce chemin pendant la ruée. Jack London fait emprunter ce même chemin à ses personnages.

La ville de **Dawson City** a été créée pour les chercheurs d'or. Beaucoup d'autres villes sont bâties à la même époque. Elles sont souvent surpeuplées et mal construites. La plupart de ces nouvelles villes ont disparu aujourd'hui, en dehors de Dawson City qui existe toujours.

Le trajet de Buck dans le Grand Nord

Le **service postal** traverse toute la région du Yukon jusqu'à Dawson. Il transporte des milliers de lettres, qui se perdent souvent, car il n'y a ni routes, ni chemins de fer et le trajet en traîneau est semé d'embûches.

LES PERSONNAGES DU ROMAN

BUCK

Buck, héros de *L'Appel de la forêt*, est un chien majestueux qui mène une **existence paisible** auprès de son maître en Californie. Sa vie bascule le jour où il est enlevé et vendu à un trafiquant de chiens. Il quitte alors la Californie pour le Canada et devient **chien de traîneau.**

Avec beaucoup de courage, Buck traverse de **nombreuses épreuves** : il se bat pour survivre, vole de la nourriture et affronte le climat hostile du Grand Nord. Peu à peu, il s'affirme et devient le chef de l'attelage.

À la fin du roman, il retrouve son instinct de chien-loup et **retourne à la vie sauvage**.

SPITZ

Spitz fait partie de la même meute que Buck. Fort et obéissant, il est le **chien de tête de l'attelage**. C'est un personnage **sournois et très cruel.** Il s'attaque aux chiens les plus faibles et leur impose sa domination par la force.

Buck refuse de lui obéir, ce que Spitz considère comme un affront. Une **terrible rivalité** s'installe entre les deux mâles. C'est finalement au cours d'un **violent combat** que Buck tue Spitz et prend alors sa place de chef.

DAVE ET SOL-LECK

Ces deux chiens sont les plus **expérimentés de la meute.** Dave est souvent triste et de mauvaise humeur, mais il s'avère être un bon chien de traîneau. Sol-leck, le Mal-Content, n'a plus qu'un œil et se fait respecter de toute la meute. Dave et Sol-leck aiment la tranquillité et restent souvent en dehors des conflits. Cependant, ils ont un rôle essentiel dans la formation de Buck : ils lui apprennent à conduire le traîneau.

L'HOMME AU MAILLOT ROUGE

Curel et terrifiant, cet homme a pour métier de dompter les chiens volés comme Buck. Il les frappe sans retenue pour qu'ils obéissent. Il inflige à Buck une terrible leçon que le chien n'oubliera jamais : il faut **se soumettre à la loi du plus fort**, et le plus fort, c'est toujours l'homme.

PERRAULT ET FRANÇOIS

Ce sont les premiers maîtres de Buck. Ils transportent le courrier urgent dans le Grand Nord canadien. Ils achètent Buck pour compléter leur attelage de chiens. Ce sont des **maîtres justes**, qui connaissent bien leurs animaux. Ils sont attentifs à leurs besoins, les aident et les soignent. Malgré leur violente autorité, ils inspirent le **respect** à leurs chiens.

HAL, CHARLES ET MERCÉDÈS

Charles et Mercédès sont un couple d'Américains. Avec Hal, le petit frère de Mercédès, ils sont en route à la recherche d'or et achètent tout l'attelage pour conduire leur traîneau. Ils sont très **inexpérimentés**: ils ne savent pas construire un camp, ni charger un traîneau.

Ce sont aussi de **très mauvais maîtres.** Hal est très violent avec les chiens, il les maltraite et les fouette sans merci pour les faire avancer alors qu'ils sont épuisés ou blessés. Leur méconnaissance du Grand Nord les conduit **à leur perte**.

JOHN THORNTON

John Thornton est un **chercheur d'or expérimenté**. Il croise la route de Buck et le sauve des violents coups de Hal. Il traite ses chiens avec respect et tendresse. Buck va l'aimer comme il n'a jamais aimé aucun de ses maîtres et devient prêt à tout pour lui. Un jour, Thornton manque de se noyer dans la rivière et Buck se précipite pour lui sauver la vie.

À la fin du roman, Thornton est tué par des Indiens. Buck lui reste **fidèle au-delà de la mort** et le venge en attaquant les Indiens.

LES THÈMES DU ROMAN

LES AVENTURES DE BUCK

Buck est un beau chien domestique qui vit paisiblement en Californie. Il est habitué à une **vie douce et ensoleillée.** Un soir, il est enlevé par un aide-jardinier et vendu à des trafiquants de chiens qui l'emmènent au Canada. Ces hommes sont très violents avec Buck, notamment l'homme au maillot rouge qui le bat pour lui apprendre **l'obéissance**.

Quelques jours plus tard, Buck est acheté par Perrault et François, deux hommes qui assurent le service postal dans la région du Yukon. Il devient chien de traîneau et découvre une nouvelle vie.

Buck est **transformé par son expérience dans le Grand Nord** et devient plus fort et plus rusé. Il apprend à se battre pour survivre. Ses instincts naturels et sauvages se réveillent et grandissent en lui si bien qu'il est **irrésistiblement attiré par l'appel de la nature** qui l'entoure. Buck s'enfonce souvent seul dans la forêt, loin du monde humain. À la fin du roman, Buck **retrouve sa liberté et renoue avec ses origines** en rejoignant une meute de loups sauvages.

? Quel événement va permettre à Buck de répondre à l'appel de la forêt et de briser le dernier lien qui l'enchaîne au monde des humains ?

LA VIOLENCE DES HOMMES ET DES ANIMAUX

Jack London décrit dans ce roman le comportement qu'il a observé chez les hommes pendant la ruée vers l'or : la **lutte pour la survie**, la violence de la nature et la cruauté des rapports entre les hommes.

Dans le Grand Nord, Buck découvre un **monde hostile et très violent.** Il est alors soumis à la cruauté des hommes : celle de l'homme au maillot rouge qui le bat à coups de gourdin pour le dresser, puis celle de Hal, qui le fouette presque à mort pour l'obliger à tirer le traîneau.

Si le monde des hommes est violent et cruel, les **chiens font aussi preuve d'une grande férocité entre eux.** Par exemple, Curly, la chienne achetée en même temps que Buck, meurt à Dyea attaquée par d'autres chiens de la meute. Buck comprend alors qu'il n'existe qu'une seule règle pour survivre : « **tuer ou être tué** » (p. 103). C'est ainsi qu'il tue Spitz pour prendre sa place, puis les Indiens Yeehats pour venger Thornton.

Aujourd'hui, des lois existent pour protéger les animaux. Connais-tu une association qui s'occupe de protéger et sauver les animaux ? Tu peux t'aider d'Internet pour trouver la réponse.

LA CIVILISATION ET LA VIE SAUVAGE

L'Appel de la forêt décrit le **parcours de Buck vers la liberté**. À travers l'expérience du chien, Jack London propose une **critique des valeurs du monde civilisé** en dénonçant l'égoïsme, le manque de solidarité et la cruauté des hommes.

Dans ce roman, l'écrivain montre que l'hostilité du Grand Nord provoque chez les hommes un **comportement sauvage proche de celui des animaux**. On pense à l'homme au maillot rouge ou encore à Hal. À travers ces différents personnages, l'auteur prouve que les lois humaines peuvent être aussi féroces et difficiles que les lois animales de la nature.

Seul **John Thornton est un homme généreux et bon**. Loin d'utiliser la force et la violence, il aime ses chiens et les traite avec affection.

Le mot *civilisation* vient du mot latin *civis* qui signifie «citoyen». Ce mot latin a donné beaucoup d'autres mots à la langue française. Trouves-en trois en t'aidant du dictionnaire ou d'Internet.

LE GRAND NORD

Les aventures de Buck se déroulent dans le Grand Nord, entre le Canada et l'Alaska (voir aussi carte p. 142). C'est une **région hostile** au climat rigoureux. Il n'y a pas de routes, et le traîneau des chiens suit la rivière Yukon, qui est glacée une partie de l'année.
Voyager dans le Grand Nord est **périlleux.** C'est pourquoi, l'expérience des hommes et des chiens est déterminante pour leur survie. Les hommes qui conduisent les traîneaux, tels que François et Perrault, doivent très bien connaitre leurs chiens, être à l'écoute et savoir se faire obéir. Ils doivent faire attention à l'état de la glace quand ils traversent des lacs ou qu'ils avancent directement sur le fleuve gelé. Ils ont parfois à subir des **attaques d'animaux sauvages** tels que des loups ou des meutes de chiens errants.

? Jack London a été impressionné par les paysages et la vie dans le Grand Nord et plusieurs de ses romans se situent dans cette région. À la fin du chapitre 1 (p. 25-26), l'auteur décrit comment Buck découvre pour la première fois la neige. Relève tous les mots employés pour désigner la neige.

LE BILAN DE MA LECTURE

1 Comment as-tu trouvé ce roman ?

TRISTE • DRÔLE • Passionnant
Réel • Effrayant • Trépidant

2 Quel a été ton passage préféré ?

3 *L'Appel de la forêt* t'a-t-il fait penser à...

un autre livre | *un film*

4 Quel est le personnage que tu as le plus aimé ? Pourquoi ?

5 Quel est le personnage que tu as le moins aimé ? Pourquoi ?

6 Qu'as-tu appris lors de ta lecture, par exemple sur un pays, sur un événement historique, en sciences ?

7 Ce livre t'a-t-il fait réfléchir ? Si oui, à quel sujet ?

8 Globalement, as-tu aimé ce livre ?

Pas du tout • Un peu
Beaucoup • Énormément • *J'ai adoré !*

Pour quelles raisons ?

9 Est-ce que tu recommanderais ce livre ? Si oui, à qui ?

Le coin des curieux

L'AUTEUR

- **Nom :** LONDON
- **Prénom :** Jack Griffith
- **Date de naissance :** 1876
- **Date de mort :** 1916
- **Nationalité :** Américain.
- **Métiers :** issu d'une famille pauvre, London travaille dès l'âge de 15 ans. Il s'engage sur des bateaux pour chasser le phoque, puis travaille dans les usines. Il **publie son premier texte** dans un journal de San Francisco en 1893, à 17 ans.

En 1897, à l'âge de 21 ans, il participe à la ruée vers l'or. À son retour, il se consacre à son travail d'écrivain, tout en continuant à voyager.

- **Œuvres :** *L'Appel de la forêt, Croc-Blanc, Le Loup des mers.*

LA RUÉE VERS L'OR

En juillet 1897, le bateau à vapeur *Excelsior* arrive dans la baie de San Francisco, avec dans ses cales **de l'or découvert au Canada**. La nouvelle se répand comme une traînée de poudre et 100 000 personnes partent pour l'Alaska : c'est la ruée vers l'or.

Le **trajet dans le Grand Nord est difficile**, les sentiers sont recouverts de neige, il faut passer par des montagnes et des vallées glacées, descendre des rivières et des lacs gelés. Les risques d'avalanche et de noyade sont grands.

Beaucoup d'hommes périssent dans le rude climat du Grand Nord, d'autres sont découragés par la difficulté du trajet. Entre 30 000 et 40 000 personnes arrivent sur place et seulement une centaine deviennent riches. Des journalistes, des écrivains, des photographes et des commerçants participent à cette ruée. Parmi eux se trouve Jack London. **Il revient de cette expédition dangereuse avec des idées pour ses romans.**

LES ANIMAUX SAUVAGES DANS LA LITTÉRATURE

LE LOUP ET LE CHIEN

Les fables de Jean de La Fontaine (1621-1695) mettent en scène des animaux pour mieux parler aux hommes de leurs défauts. Dans cette fable, un chien essaie de convaincre un loup que la vie domestique est préférable à la vie sauvage.

Le Loup et le Chien

« Un Loup n'avait que les os et la peau ;
Tant les Chiens faisaient bonne garde.
Ce Loup rencontre un Dogue[1] aussi puissant que beau,
Gras, poli[2], qui s'était fourvoyé par mégarde[3].
L'attaquer, le mettre en quartiers,
Sire Loup l'eût fait volontiers.
Mais il fallait livrer bataille,
Et le Mâtin[4] était de taille
À se défendre hardiment[5].
Le Loup donc l'aborde humblement,
Entre en propos, et lui fait compliment

1. **Dogue** : chien dont la mâchoire est extrêmement puissante.
2. **Poli** : dont le poil est lisse et brillant.
3. **Mégarde** : sans faire exprès.
4. **Mâtin** : chien.
5. **Hardiment** : courageusement.

Sur son embonpoint[1], qu'il admire.
« Il ne tiendra qu'à vous beau Sire,
D'être aussi gras que moi, lui repartit le Chien.
Quittez les bois, vous ferez bien :
Vos pareils y sont misérables,
Cancres, haires, et pauvres diables[2],
Dont la condition est de mourir de faim.
Car quoi ? Rien d'assuré ; point de franche lippée[3] ;
Tout à la pointe de l'épée.
Suivez-moi : vous aurez un bien meilleur destin. »
Le Loup reprit : « Que me faudra-t-il faire ?
– Presque rien, dit le chien, donner la chasse aux gens
Portants bâtons, et mendiants ;
Flatter ceux du logis, à son Maître complaire ;
Moyennant quoi votre salaire
Sera force reliefs[4] de toutes les façons :
Os de poulets, os de pigeons ;
Sans parler de mainte[5] caresse. »
Le Loup déjà se forge une félicité[6]
Qui le fait pleurer de tendresse.
Chemin faisant, il vit le col du Chien pelé.

1. **Embonpoint** : rondeurs.
2. **Cancres, haires et pauvres diables** : pauvres hommes.
3. **Franche lippée** : expression populaire qui signifie prendre un bon repas.
4. **Reliefs** : restes du repas qui étaient donnés aux pauvres.
5. **Mainte** : beaucoup de.
6. **Se forge une félicité** : s'imagine un bonheur parfait.

«Qu'est-ce là? lui dit-il. – Rien. – Quoi? rien? – Peu de chose.
– Mais encor? – Le collier dont je suis attaché
De ce que vous voyez est peut-être la cause.
– Attaché? dit le loup; vous ne courez donc pas
Où vous voulez? – Pas toujours, mais qu'importe?
– Il importe si bien, que de tous vos repas
Je ne veux en aucune sorte,
Et ne voudrais pas même à ce prix un trésor.»
Cela dit, maître Loup s'enfuit, et court encor.

Jean de la Fontaine, *Fables* [1668], Belin/Gallimard, «Classico», 2012.

LE CHAT QUI S'EN VA TOUT SEUL

Rudyard Kipling (1865-1936) est un écrivain anglais. Il a notamment écrit *Le Livre de la jungle*. Dans le recueil de nouvelles *Histoires comme ça*, il donne des explications imaginaires à des faits réels. Ici, il raconte comment tous les animaux ont été domestiqués, à l'exception du plus malin d'entre eux: le chat.

Chien Sauvage leva le museau et renifla l'odeur du mouton cuit et dit:

«J'irai voir; je crois que c'est bon. Chat, viens avec moi.

– Nenni ! dit le Chat. Je suis le Chat qui s'en va tout seul et tous les lieux se valent pour moi. Je n'irai pas.

– Donc c'est fini nous deux», dit Chien Sauvage. Et il s'en fut au petit trot.

Il n'avait pas fait beaucoup de chemin que le Chat se dit: «Tous lieux se valent pour moi. Pourquoi n'irais-je pas voir aussi, voir, regarder puis partir à mon gré?» C'est pourquoi, tout doux, tout doux, à pieds de velours, il suivit Chien Sauvage et se cacha pour mieux entendre.

Quand Chien Sauvage atteignit l'entrée de la Caverne, il souleva du museau la peau du cheval sauvage et renifla la bonne odeur du mouton cuit, et la Femme, l'œil sur l'éclanche, l'entendit, et rit, et dit:

«Voici le premier. Sauvage enfant des Bois Sauvages, que veux tu donc?»

Chien sauvage dit:

«Ô mon Ennemie, Femme de mon Ennemi, qu'est-ce qui sent si bon par les Bois Sauvages ?»

Alors la Femme prit un os de mouton et le jeta à Chien Sauvage et dit:

« Sauvage enfant du Bois Sauvages, goûte et connais.»

Chien Sauvage rongea l'os, et c'était plus délicieux que tout ce qu'il avait goûté jusqu'alors, et il dit:

«Ô mon Ennemie, Femme de mon Ennemi, donne-m'en un autre.»

La Femme dit:

«Sauvage enfant du Bois Sauvages, aide mon Homme à chasser le jour et garde ce logis la nuit, et je te donnerai tous les os qu'il te faudra.»

Rudyard Kipling, «Le chat qui s'en va tout seul», *Histoires comme ça*, [1902], traduit par Robert d'Humières et Louis Fabulet, Gallimard, «Folio junior», 1997.

UN RENARD À APPRIVOISER

Antoine de Saint-Exupéry (1900-1944) est un aviateur et écrivain français. Il est connu pour son livre *Le Petit Prince*, dont est tiré cet extrait. Le petit prince vient de l'astéroïde B 612 et il visite d'autres planètes. Sur Terre, il rencontre un renard qui lui apprend qu'apprivoiser les êtres vivants les rend uniques.

« Je suis un renard, dit le renard.

– Viens jouer avec moi, lui proposa le petit prince. Je suis tellement triste...

– Je ne puis pas jouer avec toi, dit le renard. Je ne suis pas apprivoisé.

– Ah! pardon, fit le petit prince. »

Mais, après réflexion, il ajouta :

« Qu'est-ce que signifie « apprivoiser » ?

– Tu n'es pas d'ici, dit le renard, que cherches-tu ?

– Je cherche les hommes, dit le petit prince. Qu'est ce que signifie « apprivoiser » ?

– Les hommes, dit le renard, ils ont des fusils et ils chassent. C'est bien gênant ! Ils élèvent aussi des poules. C'est leur seul intérêt. Tu cherches des poules ?

– Non, dit le petit prince. Je cherche des amis. Qu'est-ce que signifie « apprivoiser » ?

– C'est une chose trop oubliée, dit le renard. Ça signifie « créer des liens... »

– Créer des liens ?

– Bien sûr, dit le renard. Tu n'es encore pour moi, qu'un petit garçon tout semblable à cent mille petits garçons. Et je n'ai pas besoin de toi. Et tu n'as pas besoin de moi non plus. Je ne suis pour toi qu'un renard semblable à cent mille renards. Mais, si tu m'apprivoises, nous aurons besoin l'un de l'autre. Tu seras pour moi unique au monde. Je serai pour toi unique au monde...

– Je commence à comprendre, dit le petit prince. »

Antoine de Saint-Exupéry, *Le Petit Prince*, [1943], Gallimard, « Folio Junior », 2007.

DES CHIENS ET DES HOMMES À TRAVERS LES ARTS

Peinture rupestre représentant un homme et un chien, montagnes d'Acacus, désert du Sahara, Libye.

Briton Rivière, *Fidélité*, peinture à l'huile, 1869.

Robert Doisneau, *Cour carrée du Louvre*, Paris, photographie, 1968.

Attelage de chiens de traîneau sur océan Arctique n hiver, Barrow, Alaska, 1990.

CONSEILS DE LECTURE

DES LIVRES

Jack London, *Croc-Blanc*, [1906], illustré par Vincent Boyer, Tourbillon, 2013.

Dans le territoire du Yukon, au Canada, pendant la ruée vers l'or, un chien-loup sauvage est apprivoisé par les hommes. Chien de traîneau, puis chien de combat, sa vie va devenir un enfer jusqu'à sa rencontre avec Weedon, un homme bon qui lui fera découvrir l'amitié entre un chien et son maître.

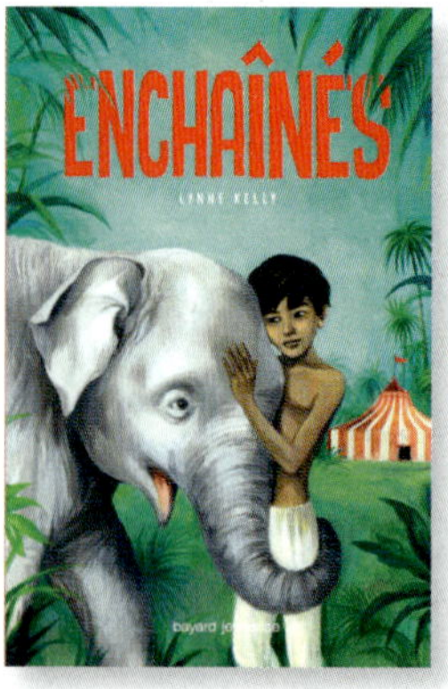

Lynne Kelly, *Enchaînés*, Bayard jeunesse, 2015.

Hastin travaille dans un cirque pour payer les frais d'hôpital de sa sœur. Il s'occupe d'une éléphante nommée Nandita. Ils sont tous les deux maltraités et leur seul espoir pour mettre fin à leurs tourments sera de s'échapper.

Didier Daeninckx, *L'Enfant du zoo*, images de Laurent Corvaisier, Rue du monde, 2004.

Ce livre raconte une histoire inspirée de faits réels. En 1931, une fille de 10 ans, Ève, visite la grande exposition coloniale de Paris. Cette sorte d' Exposition Universelle veut montrer la « grandeur » de la France et de ses colonies. Mais Ève va être choquée en découvrant, enfermé dans une cage, un petit garçon kanak, exposé tel un animal.

Herman Melville, *Moby Dick*, adaptation de Camille Finateu, illustrations de James Prunier, Milan, 2014.

Ishmaël s'est embarqué sur le *Péquod*, un baleinier commandé par le capitaine unijambiste Achab. Celui-ci a un compte à régler avec un cachalot blanc nommé Moby Dick. Cette quête est devenue son obsession et Ishmaël nous raconte ici comment la volonté humaine va se confronter à la force de la nature.

Florence Pinaud, *Respecter les animaux à petits pas*, Actes Sud, 2013.

Les relations entre l'homme et l'animal ont évolué avec le temps. Dans ce livre documentaire, tu découvriras que les hommes peuvent abuser et exploiter les animaux. Mais de nombreuses associations existent pour les protéger.

UN SITE INTERNET

www.nicolasvanier.com

Écrivain, photographe et réalisateur, Nicolas Vanier est aussi un aventurier des régions polaires.
Il a fait plusieurs expéditions avec ses traîneaux à chiens ainsi que des courses mondialement réputées. Découvre-les sur son site.

Dans la même collection

Ulysse et le cyclope
Viviane Koenig

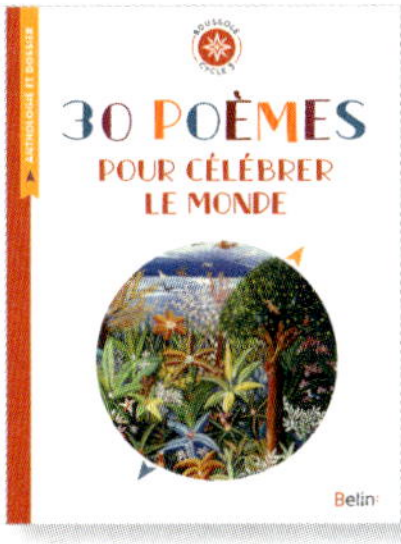

30 poèmes pour célébrer le monde

Le Petit Poucet
Charles Perrault

La Chèvre de Monsieur Seguin
Alphonse Daudet

Arrête de lire !
Claire Gratias et Sylvie Serprix

- Pour vous, enseignant, retrouvez le guide pédagogique complet de chaque ouvrage sur **editions-belin.com/primaire**
- N'hésitez pas à nous faire part de vos remarques, de vos suggestions et de vos attentes en nous écrivant à **contact.boussole@editions-belin.fr**

Création graphique : S A J E
Réalisation : Cécile Rouyer

Crédits :
Page 4 : © Collection Christophe L
Page 142-143 : © Corédoc
Page 154 : © Bridgeman Images / PVDE / Photographie d'Andrew J. Mill
Page 162 : (haut) © Photo 12 / Alamy / Robert Preston ; (bas) © Bridgeman Images / Walker Art Gallery, National Museums Liverpool
Page 163 : (haut) © Robert DOISNEAU / RAPHO ; (bas) Plainpicture / Design Pics / Jeff Schultz

Loi 49-956 du 16 juillet 1949 sur les publications destinées à la jeunesse.

ISBN : 978-2-7011-9755-5

IMPRIM'VERT®

Imprimé en France par SEPEC à Péronnas
N° d'imprimeur : 01662160410 - Dépôt légal : avril 2016
N° d'édition : 70119755-01